AU BOUT DE L'ÉTÉ

Rosamunde Pilcher

AU BOUT DE L'ÉTÉ

FRANCE LOISIRS
123, boulevard de Grenelle, Paris

Titre original : *The End of Summer*
Traduit par Marie M. Brisset

Édition du Club France Loisirs,
réalisée avec l'autorisation des Presses de la Cité

ISBN 2-7242-8389-9

1

Tout au long de l'été, le temps avait été lourd et nuageux, et la chaleur du soleil tempérée par les brumes marines apportées inlassablement par le Pacifique. Mais en septembre, comme il arrive souvent en Californie, les brumes refluaient loin au-dessus de l'océan, et s'étiraient à la lisière de l'horizon, sombres comme une longue meurtrissure.

À l'intérieur des terres, au-delà de la bande côtière, des champs gorgés de plantations : arbres fruitiers, maïs et artichauts, pamplemousses roses, frémissaient sous le soleil. Des petits bourgs aux constructions en bois somnolaient, accablés par la chaleur, gris et poussiéreux comme de gros insectes. Les plaines, riches et fertiles, s'étiraient à l'est jusqu'au pied de la Sierra Nevada. Elles étaient traversées de part en part par la large autoroute de Camino Real, qui filait au nord vers San Francisco et au sud vers Los Angeles, tout étincelante de l'acier brûlant de milliers de voitures.

Pendant les mois d'été, la plage était désertée, car Reef Point se trouvait au bout de la route et rarement fréquenté par les promeneurs d'un jour. Deux bonnes raisons à cela : d'une part, la route, non goudronnée, était dangereuse et peu engageante, d'autre part, la station de La Carmella, avec ses charmantes rues ombragées, son élégant club sportif et ses hôtels immaculés, était un site privilégié, et quiconque possédait un peu de bon sens et quelques dollars la choisissait comme lieu de séjour. Par ailleurs, il fallait être un esprit aventureux, ou un passionné de surf, pour oser parcourir le dernier mile et affronter la piste cahoteuse qui menait à Reef Point, cette vaste baie inhabitée et battue par les vents.

Mais à cette époque de l'année, avec cette chaleur agréable et les rouleaux bien dessinés qui venaient balayer la plage, la baie fourmillait de monde. Des véhicules de toutes sortes descendaient la côte en brinquebalant pour se parquer à l'ombre des cèdres. Ils déversaient pique-niqueurs, campeurs, surfeurs, et des familles entières de hippies, adeptes du new-age, lassées de San Francisco, et qui faisaient route vers le Nouveau-Mexique et le soleil, tels des oiseaux migrateurs. Les week-ends apportaient également leur flot d'étudiants, qui arrivaient de Santa Barbara dans leurs vieilles décapotables ou « coccinelles » bariolées, bondées de filles, de caisses de bière, et surchargées de planches de surf multicolores. Ils établissaient de petits campements tout au long de la plage, et l'air s'emplissait de leurs voix, de leurs rires, et de l'odeur d'huile solaire.

Ainsi, après des semaines et des mois de quasi-solitude, nous nous retrouvions soudain entourés de gens et d'animation. Mon père travaillait avec acharnement pour essayer d'achever un scénario, et il était d'une humeur exécrable. Sans même qu'il le remarque, je me repliais sur la plage en emportant quelques vivres (hamburgers et Coca-Cola), un livre, un grand drap de bain, et Rusty pour me tenir compagnie.

Rusty était un chien. Mon chien. Un animal à la fourrure laineuse et brune, de race indéterminée mais d'une grande intelligence. À notre arrivée au bungalow, au printemps, nous étions sans chien, et Rusty, qui nous avait repérés, avait décidé de remédier à cette lacune. Il s'était donc mis à rôder dans les parages. J'avais beau le chasser et mon père lui jeter de vieilles bottes pour le faire déguerpir, il revenait toujours, inlassable et sans rancune, s'asseoir à un ou deux mètres de la véranda, confiant et remuant la queue. Un matin de forte chaleur, apitoyée, je lui apportai un bol d'eau. Il but, se rassit, jappa et recommença à remuer la queue. Le lendemain, je lui donnai un vieil os de jambonneau. Il le prit avec délicatesse, l'emporta pour l'enterrer, et revint au bout de cinq minutes. Toujours jappant. Et toujours la queue en mouvement.

Mon père sortit de la maison et jeta une botte dans sa direction, mais sans conviction. Ce n'était qu'une démonstration de force guère probante. Rusty le savait et il se rapprocha.

Je demandai à mon père :

— À qui crois-tu qu'il appartient ?

— Dieu seul le sait.

— Lui semble croire que c'est à nous.

— Erreur, répondit mon père. Il croit que *nous* lui appartenons.

— Il n'est pas agressif et il ne sent pas mauvais.

Mon père leva les yeux du magazine qu'il s'efforçait de lire.

— Essaies-tu de me dire que tu veux garder cet animal ?

— Eh bien... en réalité je ne vois pas... je ne vois pas comment nous allons nous en débarrasser.

— À moins de l'abattre.

— Oh non !

— Il doit être infesté de puces, qu'il ne manquera pas de ramener dans la maison.

— Je lui achèterai un collier anti-puces.

Mon père me jeta un coup d'œil par-dessus ses lunettes. Il commençait à rire. J'insistai.

— Je t'en prie, papa. Pourquoi pas ? Il me tiendra compagnie quand tu t'absentes.

— D'accord, concéda mon père.

Sans perdre une minute, j'enfilai des chaussures, sifflai le chien, et me rendis à La Carmella chez un vétérinaire. Après une longue attente dans une petite salle remplie de caniches dorlotés et de chats siamois accompagnés de leurs maîtres, je fus admise dans la salle de consultation, où le vétérinaire déclara Rusty en parfaite santé, lui administra une injection et m'indiqua où me procurer un collier insecticide. Je payai le vétérinaire, allai acheter un collier ad hoc, et revins à la maison escortée de Rusty. À notre arrivée, mon père lisait encore son magazine. Rusty entra poliment dans la maison, attendit qu'on le prie de s'asseoir, et s'installa sur la vieille carpette devant la cheminée vide.

Mon père demanda :

— Quel est son nom ?

— Rusty !

J'avais eu autrefois une housse de chemise de nuit en forme de chien appelée Rusty, et c'est donc le premier nom qui m'était venu à l'esprit.

Inutile de parler de son adaptation à la famille car Rusty semblait en avoir toujours fait partie. Il allait partout où j'allais. Il adorait la plage et en exhumait de fabuleux trésors qu'il rapportait à la maison pour nous les faire admirer : vieux objets flottés, flacons de détergent en plastique, longues tresses de varech. Et parfois aussi des choses qu'il n'avait visiblement pas déterrées : un mocassin neuf, une serviette de bain, et même un ballon de plage crevé d'un coup de crocs que mon père dut remplacer pour consoler son jeune propriétaire en larmes. Rusty aimait également nager et insistait toujours pour m'accompagner. Je nageais plus vite et plus loin que lui, pourtant il me suivait avec témérité, sans jamais se décourager.

Ce jour-là, un dimanche, nous étions allés nager. Mon père venait de mettre un point final à son scénario, et s'était rendu en voiture à Los Angeles pour livrer son travail. J'étais restée seule avec Rusty, et nous avions passé l'après-midi sur la plage ou dans l'eau, à ramasser des coquillages et à jouer avec un vieux morceau de bois flotté. Mais il commençait à faire plus frais et je dus enfiler un vêtement. Nous étions assis côte à côte, aveuglés par le feu du soleil couchant, et nous admirions les surfeurs.

Ils n'avaient pas arrêté de la journée et pourtant ils ne semblaient jamais fatigués. Agenouillés sur leur planche, ils pagayaient avec leurs mains afin de parvenir à franchir les rouleaux pour gagner la surface verte et lisse au-delà. Puis ils attendaient, patients, perchés sur la ligne d'horizon comme des cormorans, guettant la formation des vagues. Ils en choisissaient une, se redressaient lorsque le rouleau s'incurvait et se bordait d'une crête blanche, puis ils s'élançaient avec elle, la chevauchaient, dans un équilibre miraculeux, animés de la confiance et de l'arrogance de la jeunesse. Ils l'accompagnaient jusqu'à ce qu'elle vienne lécher le sable. Alors ils sautaient de leur planche, la ramassaient, et s'élançaient de nouveau à l'assaut de la mer. Car le credo des surfeurs est qu'il y a toujours une vague plus grosse, une déferlante plus forte, et il faut se dépêcher d'aller à sa rencontre avant que la nuit ne tombe.

Un garçon avait particulièrement retenu mon attention. Il était blond, très bronzé, avec des cheveux coupés très court, et il portait un bermuda du même bleu vif que sa planche. C'était un formidable surfeur, avec un style et une fougue qui reléguaient les autres au rang de simples amateurs. Alors que je l'observais, il sembla décider de s'arrêter. Il s'élança encore sur une dernière vague, accosta en douceur, descendit de sa planche, et après un regard à la mer teintée par le rose du soir, il ramassa sa planche et longea la plage.

Je détournai les yeux. Il passa tout près de moi pour rejoindre, à quelques mètres, le petit tas de vêtements soigneusement pliés qui l'attendait. Il déposa sa planche et prit un sweat-shirt délavé portant l'emblème d'une université. Je glissai à nouveau un regard dans sa direction, et lorsque sa tête émergea de l'encolure du sweat-shirt, nos yeux se croisèrent.

Apparemment amusé, il lança :

— Salut !

— Salut.

Il ajusta son sweat-shirt et ajouta :

— Voulez-vous une cigarette ?

— Oui, merci.

Il se baissa pour prendre un paquet de Lucky et un briquet dans son pantalon et s'approcha. Il m'offrit une cigarette, en prit une pour lui, les alluma, puis s'assit sur le sable à côté de moi, en s'étendant de tout son long, appuyé sur ses coudes. Ses jambes, son cou et ses cheveux étaient poudrés de sable, et il avait ce regard bleu et cet air propre que l'on rencontre si fréquemment sur les campus des universités américaines.

— J'ai remarqué que vous étiez restée assise ici tout l'après-midi, sauf quand vous avez nagé.

— Je sais.

— Pourquoi ne pas faire comme nous ?

— Je n'ai pas de planche de surf.

— Vous pourriez en acheter une.

— Je n'ai pas d'argent.

— En emprunter une, alors !

— Je ne connais personne à qui en emprunter.

— Vous êtes anglaise, n'est-ce pas ?

— Oui.

— Touriste ?

— Non, j'habite ici.

— À Reef Point ?

— Oui.

Je fis un signe de la tête pour indiquer la rangée de bungalows en bois, visibles derrière la crête des dunes.

— Comment se fait-il que vous habitiez là ?

— Nous louons un bungalow.

— Nous ?

— Mon père et moi.

— Depuis quand êtes-vous là ?

— Depuis le printemps.

— Mais vous n'y passez pas l'hiver.

C'était un constat plus qu'une question. Personne ne passait l'hiver à Reef Point. Les maisons n'étaient pas construites pour affronter le mauvais temps ; la route devenait impraticable, les lignes téléphoniques et les lignes électriques étaient très souvent endommagées par la tempête.

— Je pense que si. Sauf si nous décidons de déménager.

— Vous êtes des hippies ?

Avec ma dégaine de l'époque, je ne pouvais le blâmer de poser une telle question.

— Non. Mais mon père écrit des scénarios pour le cinéma et la télé. Comme il a horreur de vivre à Los Angeles, nous avons loué ce bungalow.

Il semblait intrigué.

— Et vous, que faites-vous ?

— Pas grand-chose. Je fais les courses, je vide la poubelle, et j'essaie de refouler le sable hors de la maison.

— C'est votre chien ?

— Oui.

— Comment s'appelle-t-il ?

— Rusty.

— Rusty ? Viens, Rusty !

Rusty accueillit ses avances avec un hochement de tête des plus dédaigneux et continua de contempler la mer. Pour pallier ses mauvaises manières, j'enchaînai aussitôt :

— Vous venez de Santa Barbara ?

— Mmm, répondit le jeune homme, visiblement peu enclin à parler de lui. Depuis quand vivez-vous aux États-Unis ? Vous avez encore un terrrrible accent british.

Je souris poliment à ce trait d'humour trop fréquemment entendu.

— Depuis l'âge de quatorze ans. C'est-à-dire depuis sept ans.

— En Californie ?

— Un peu partout. New York, Chicago, San Francisco.

— Votre père est américain ?

— Non. Il aime vivre ici. La première fois, il est

venu à Hollywood pour adapter l'un de ses romans, dont un producteur avait acheté les droits.

— Sans blague ? Je le connais ? Quel est son nom ?

— Rufus Marsh.

— Vous voulez dire que *Grand comme le matin*, c'est lui ? J'ai dévoré ce bouquin quand j'étais encore au lycée. Toute mon éducation sexuelle vient de là !

Il me regarda avec un intérêt nouveau et je songeai : « Encore un. » Les garçons se montraient amicaux et gentils, mais ne me témoignaient d'empressement que lorsque je mentionnais *Grand comme le matin*. Je suppose que cela avait un rapport avec mon physique, car j'ai les yeux très clairs, des cils presque incolores, et la peau qui, au lieu de brunir au soleil, se couvre de taches de rousseur. De plus, j'ai les os du visage saillants et je suis grande pour une femme.

— Ce doit être un sacré bonhomme, remarqua le jeune homme rêveusement.

Une expression nouvelle se lisait sur ses traits. Il brûlait d'envie, visiblement, de poser des questions que la politesse l'empêchait d'exprimer.

« Si vous êtes la fille de Rufus Marsh, comment se fait-il que vous soyez là, sur cette plage oubliée, dans un trou perdu de Californie, vêtue d'un jean délavé et d'une chemise d'homme qui auraient dû être jetés aux chiffons depuis des lustres, et que vous n'ayez même pas quelques dollars en poche pour acheter une planche de surf ? »

Comme s'il avait deviné le cheminement de ma pensée, il demanda :

— Quel genre d'homme est-il ? en dehors d'être père, bien sûr.

— Je ne sais pas.

Il m'était impossible de décrire mon père, même pour moi. Je pris une autre poignée de sable pour modeler une montagne miniature, au sommet de laquelle je plantai ma cigarette en formant un cratère, un mini-volcan avec un mégot en guise de cœur fumant. « Un homme toujours en activité. Un homme qui se lie facilement d'amitié et perd ses amis le lendemain. Un homme querelleur, critique, talentueux jusqu'au génie, mais totalement désemparé devant les petits problèmes du quotidien. Un homme capable de charmer et de déclencher la fureur. Un paradoxe vivant. »

Je répétai :

— Je ne sais pas.

Je me tournai pour observer le garçon assis près de moi. Il était sympathique.

— Je vous inviterais volontiers à boire une bière pour que vous fassiez sa connaissance et en jugiez par vous-même, mais il est allé à Los Angeles et ne rentrera pas avant demain matin.

Le jeune homme réfléchit, en se grattant vigoureusement l'arrière de la tête.

— J'ai une idée, dit-il. Si le temps se maintient, je reviendrai le week-end prochain.

— Ah oui ?

— Je m'arrangerai pour vous trouver.

— D'accord.

— Et j'apporterai une planche de surf en rab. Comme ça vous pourrez vous amuser.

— Inutile de me soudoyer.

Il feignit de s'offusquer :

— Comment ça, vous soudoyer ?

— Je vous présenterai mon père le week-end prochain. Il aime voir de nouveaux visages.

— Je ne cherchais pas à vous soudoyer, je vous assure.

— Je sais, dis-je, radoucie. J'ai envie de faire du surf.

Il sourit et écrasa sa cigarette. Le soleil, en sombrant vers l'horizon, se dessinait et se colorait jusqu'à ressembler à un pamplemousse tout rose. Le jeune homme s'assit, frotta ses yeux aveuglés par le soleil, esquissa un bâillement et s'étira. Puis il se leva.

— Il faut que je parte, dit-il en hésitant un instant.

Au-dessus de moi, son ombre s'allongeait à l'infini.

— Bon, eh bien ! au revoir.

— Au revoir.

— À dimanche.

— D'accord.

— C'est un rendez-vous ferme. Ne l'oubliez pas.

— Promis.

Il alla ramasser ses affaires, m'adressa un dernier salut, et se dirigea vers l'extrémité de la plage, à l'endroit où les vieux cèdres ensablés balisaient le sentier qui menait à la route.

En le regardant s'éloigner, je m'aperçus que je ne connaissais pas son nom. Pire : il n'avait même pas pris la peine de me demander le mien. Pour lui, j'étais seulement la fille de Rufus Marsh. Pourtant, si le temps se maintenait, il reviendrait le dimanche suivant. Si le temps se maintenait... Comme il était bon d'avoir un projet !

2

Si nous vivions à Reef Point, c'était à cause de Sam Carter, l'agent de mon père à Los Angeles. En désespoir de cause, Sam avait fini par promettre de nous trouver un logement bon marché hors de Los Angeles : l'incompatibilité entre Hollywood et mon père était telle qu'il n'était plus capable d'écrire un seul mot acceptable (et donc vendable). Sam avait alors pressenti le danger : il risquait de perdre à la fois un client important et de l'argent.

— L'endroit s'appelle Reef Point, avait dit Sam. C'est un trou perdu, mais vraiment paisible... une paix de fin du monde, avait-il précisé, effaçant d'un coup les visions d'un paradis à la Gauguin.

C'est ainsi que nous avions loué le bungalow, chargé nos maigres possessions dans la vieille Dodge cabossée de mon père, et pris la route vers Reef Point en laissant la pollution de Los Angeles derrière nous, excités comme des enfants par les premières senteurs océanes.

Au début, Reef Point avait tenu ses promesses. Après la vie citadine, c'était vraiment magique de s'éveiller le matin, bercés par le roulement incessant de l'océan et les cris des oiseaux marins, de marcher sur le sable au petit jour, de voir le soleil se lever derrière les collines, d'étendre le linge dehors et de le regarder se gonfler de vent comme des voiles.

L'intendance de la maison était forcément réduite à sa plus simple expression. De toute façon, je n'avais jamais eu l'âme d'une ménagère. Reef Point disposait en tout et pour tout d'une unique épicerie, que l'on appelait ici un drugstore mais que ma grand-mère, en Écosse, aurait baptisée « bric-à-brac ». On y vendait de tout : des licences d'armes à feu aux vêtements de travail, en passant par les surgelés et les boîtes de Kleenex. Ce bazar était tenu de façon assez dilettante par Bill et Myrtle, qui manquaient régulièrement de légumes frais, de fruits, de poulets et d'œufs, c'est-à-dire de tous les produits dont j'avais envie. Néanmoins, pendant l'été, nous étions devenus d'assidus consommateurs de chili con carne en conserve, de pizzas surgelées, et de diverses crèmes glacées qui faisaient manifestement les délices de Myrtle : elle était obèse, comprimait ses hanches et ses cuisses monstrueuses dans des jeans, et exhibait ses bras gras comme des jambons dans des chemisiers sans manches.

Mais au bout de six mois passés à Reef Point,

l'ennui commençait à poindre. Combien de temps allait durer ce délicieux été indien ? Encore un mois sans doute. Ensuite les tempêtes sérieuses allaient commencer. La nuit tomberait plus tôt, puis viendraient la pluie, la boue, le vent. Le bungalow ne disposait pas de chauffage central, seulement d'une énorme cheminée dans le salon traversé de courants d'air, où le bois flotté brûlait à une allure vertigineuse. Je pensais avec nostalgie aux seaux de charbon que nous utilisions chez nous. Ici, pas de charbon. Chaque fois que je remontais de la plage, je rapportais une branche ou un morceau de bois, comme faisaient les femmes des pionniers autrefois, afin d'alimenter la pile entreposée derrière le bungalow. Le tas de bois prenait des proportions impressionnantes mais je savais que, le moment venu, il fondrait en un rien de temps.

Le bungalow était situé juste en retrait de la plage, abrité des vents du large par une simple dune de sable. Construit en bois, sur pilotis, il avait une teinte délavée gris argent. On accédait aux vérandas de la façade et de l'arrière par deux marches. Il se composait d'une vaste salle de séjour, avec des baies vitrées donnant sur l'océan, d'une cuisine exiguë, d'une salle de bains sans baignoire mais avec une douche, et de deux chambres : une grande chambre « de maître » où dormait mon père, et une chambre plus petite, avec un lit étroit, sans doute destinée à un enfant ou à un parent âgé de peu d'importance, qui était la mienne. Le bungalow était meublé d'une façon assez disparate — comme souvent le sont les maisons de vacances — avec des meubles hétéroclites provenant de maisons différentes et sans aucun doute plus spacieuses. Ainsi le lit de mon père était une monstruosité en bronze, avec des cabochons manquants et des ressorts qui couinaient au moindre mouvement. Dans ma chambre était accroché un miroir enchâssé dans un lourd cadre doré, qui semblait avoir commencé sa longue existence dans un bordel de l'époque victorienne, et me renvoyait l'image d'une noyée couverte de pustules noirâtres.

La salle de séjour ne valait guère mieux : les fauteuils défoncés étaient recouverts de châles tricotés pour cacher la tapisserie élimée ; la carpette était trouée ; les chaises laissaient échapper le crin de cheval avec lequel elles étaient rembourrées. Une seule table trônait au milieu de la pièce. Mon père en avait réquisitionné la moitié pour en faire son bureau, ce qui nous obligeait à prendre nos repas coude à coude, sur la moitié restante. L'élément le plus agréable de la salle était, sans nul doute, la banquette qui bordait les fenêtres sur toute la longueur de la pièce : matelassée de tapis douillets et de coussins, elle était aussi confortable et accueillante qu'un bon vieux sofa. On pouvait s'y pelotonner pour bouquiner, admirer le soleil couchant, ou simplement rêvasser.

Mais c'était un endroit isolé. La nuit, le vent redoutable mugissait dans les interstices des fenêtres disjointes, et toute la maison s'emplissait de craquements et de bruissements étranges, tel un navire en mer. Quand mon père était là, cela m'importait peu, mais lorsque je me trouvais seule, la rubrique des faits divers des journaux locaux nourrissait mon imagination avec force détails. Le bungalow était en soi une coque très fragile : aucun des loquets des portes ou des fenêtres ne pouvait rebuter un cambrioleur déterminé. De plus, la fin de l'été avait chassé les occupants des autres cabanons vers leurs résidences principales, et nous étions désormais totalement isolés. Même Myrtle et Bill habitaient à plus de cinq cents mètres. Quant au téléphone, c'était une simple ligne groupée, et pas toujours efficace. Mieux valait donc ne pas compter dessus.

Jamais je ne confiai mes craintes à mon père. Je ne voulais pas le tracasser avec ça, il avait un important travail à terminer. D'ailleurs, comme c'était un homme d'une grande sensibilité, je suis sûre qu'il me savait capable de m'inventer des frayeurs épouvantables. C'est pourquoi, entre autres raisons, il m'avait laissée garder Rusty.

Ce soir-là, après l'animation de la plage et ma

rencontre avec le jeune étudiant de Santa Barbara, le bungalow paraissait d'autant plus désert.

Le soleil s'était faufilé derrière la ligne d'horizon, la brise du soir frémissait, et bientôt il ferait nuit. Pour me tenir compagnie, j'allumai un feu dans la cheminée, y enfournant sans compter des monceaux de bois flotté. Pour me réconforter, je pris une douche chaude, me lavai les cheveux, les enveloppai dans une serviette, puis j'allai dans ma chambre enfiler un jean propre et un vieux sweater blanc qui avait appartenu à mon père avant qu'un lavage ne le fasse malencontreusement rétrécir.

Sous le miroir de bordel, il y avait une commode qui faisait aussi office de coiffeuse. Comme je manquais de place, j'y avais déposé mes photos. Il y en avait beaucoup. Je les regardais rarement mais, ce soir-là, c'était différent... et, tout en démêlant mes longs cheveux humides, je les examinai les unes après les autres, comme si je les voyais pour la première fois, comme si elles ne m'avaient jamais concernée.

Il y avait là ma mère, posant de façon très formelle, dans un cadre en argent. Maman avec ses épaules dénudées, des diamants aux oreilles, qui venait de se faire coiffer chez Elizabeth Arden. J'adorais cette photo, pourtant ce n'était pas l'image d'elle que je préférais. Il y en avait une autre, plus vraie : un agrandissement où on la voyait au cours d'un pique-nique, vêtue d'un kilt, au milieu d'un champ de bruyère, riant probablement de quelque incident cocasse. Et puis il y avait une collection de clichés — ou plutôt une sorte de montage — que j'avais glissés dans un double cadre en cuir. Elvie, la vieille maison blanche entourée de mélèzes et de pins, avec la colline en arrière-plan, le miroitement du loch au bout de la pelouse, le ponton, l'infatigable barque que nous utilisions pour pêcher la truite. Ma grand-mère, devant une porte-fenêtre ouverte, son inévitable sécateur à la main. Une carte postale en couleurs de Elvie Loch, achetée à la poste de Thrumbo. Une autre photo de pique-nique, avec mes parents et un gros épagneul brun et blanc assis aux pieds de ma mère, devant notre vieille voiture.

Et puis des photos de mon cousin Sinclair. Des dizaines et des dizaines. Sinclair et sa première truite Sinclair en kilt se préparant à une sortie ; Sinclair en chemise blanche, capitaine de son équipe de cricket à l'école primaire ; Sinclair en train de skier ; au volant de sa voiture ; coiffé d'un chapeau haut de forme en papier lors d'un réveillon, et passablement ivre. (Sur cette photo, il passait un bras autour des épaules d'une jolie brune, mais j'avais agencé les autres photos de manière à la masquer.)

Sinclair était le fils du frère de ma mère, Aylwyn.

Celui-ci s'était marié — beaucoup trop jeune, de l'avis général — avec une jeune fille dénommée Silvia. La désapprobation familiale s'avéra fondée, car, sitôt après avoir donné un fils à son jeune époux, Silvia les avait abandonnés tous les deux pour aller vivre avec un promoteur immobilier aux Baléares. Une fois la rancœur estompée, tout le monde s'était accordé pour dire que ce départ était finalement un bienfait, surtout pour Sinclair, qui fut confié à la garde de sa grand-mère et grandit à Elvie dans les meilleures conditions. À mes yeux, Sinclair avait toujours été très favorisé.

Quant à Aylwyn, le père de Sinclair, je n'en gardais aucun souvenir. Il avait émigré au Canada alors que j'étais toute petite, et s'il rendit visite à sa mère et à son fils, cela ne se produisit jamais lors de nos séjours à Elvie. L'oncle Aylwyn ne présentait pour moi d'autre intérêt que la possibilité de me faire offrir une coiffure d'Indien à plumes. J'y fis allusion un grand nombre de fois, au cours des années, mais sans jamais être entendue.

En fait, Sinclair était virtuellement l'enfant de ma grand-mère. Et, aussi loin que remontent mes souvenirs, il ne se passa pas un seul jour où je ne fusse amoureuse de lui. Mon aîné de six ans, il avait été le héros de mon enfance, l'emblème de la sagesse et de la bravoure. C'est lui qui m'avait appris à fixer un hameçon au bout d'une ligne, à tournoyer sur sa barre de trapèze, à frapper une balle de cricket. Ensemble nous avions nagé, fait du traîneau, allumé des feux interdits, construit une cabane dans un arbre, joué au pirate dans la vieille barque.

Au début de mon arrivée en Amérique, je lui écrivais régulièrement, mais l'absence de réponses finit par me décourager. Bientôt notre correspondance se réduisit aux vœux de Noël et à une carte griffonnée à l'occasion des anniversaires. Je n'avais, désormais, de ses nouvelles que par ma grand-mère. C'est d'ailleurs elle qui m'avait envoyé la photo de Sinclair à ce réveillon du nouvel an.

Après la mort de ma mère, comme si l'éducation de Sinclair n'était pas une charge suffisante pour elle, ma grand-mère avait offert de m'accueillir.

— Rufus, pourquoi ne pas me laisser cette enfant ?

Cela se passait à Elvie, juste après les funérailles de maman. Avec son esprit pratique habituel, ma grand-mère avait refoulé sa peine pour parler de l'avenir. Je n'étais pas censée entendre la discussion, mais je me trouvais là, dans l'escalier, et la porte de la bibliothèque ne suffisait pas à étouffer leurs voix.

— Parce que vous avez déjà la charge d'un enfant, répliqua mon père.

— Mais je serais heureuse d'avoir Jane auprès de moi... et puis, elle me tiendrait compagnie.

— N'est-ce pas un peu égoïste de votre part ?

— Je ne le crois pas... Enfin, Rufus, réfléchissez, c'est à sa vie que vous devez penser ! À son avenir !

Mon père avait alors riposté d'un mot unique et brutal. J'étais horrifiée, non pas par le mot employé, mais parce qu'il s'adressait à elle. Je m'étais même demandé s'il n'était pas un peu ivre pour parler ainsi.

Ma grand-mère, avec sa maîtrise habituelle de grande dame, n'avait pas relevé la crudité de son langage, et elle avait poursuivi la discussion, mais le son de sa voix avait baissé d'un ton, comme toujours lorsqu'elle se mettait en colère.

— Rufus, vous venez de me dire que vous partez en Amérique pour adapter votre roman au cinéma. Vous ne pouvez pas emmener une adolescente de quatorze ans à Hollywood !

— Pourquoi pas ?

— Et ses études ?

— Il y a des écoles, en Amérique.

— Ce serait tellement plus facile que je la garde ici. Au moins jusqu'à ce que vous soyez installé.

Mon père repoussa sa chaise bruyamment. Je l'entendis marcher dans la pièce.

— Et ensuite, je vous préviens et vous la mettez dans le premier avion ?

— Bien entendu.

— Ça ne marchera pas, vous le savez bien.

— Pourquoi pas ?

— Parce que si je laisse Jane ici quelque temps, Elvie deviendra sa maison et plus jamais elle ne voudra la quitter. Vous savez qu'elle rêve d'y habiter...

— Eh bien, justement, pour le bien de Jane...

— Pour le bien de Jane, je l'emmène avec moi.

S'ensuivit un long silence. Puis ma grand-mère reprit :

— Ce n'est pas l'unique raison, n'est-ce pas, Rufus ?

Il hésita, comme s'il voulait l'épargner, avant d'acquiescer.

— En effet, non, ce n'est pas l'unique raison.

— Quels que soient vos motifs, je persiste à penser que vous commettez une erreur.

— Si c'est le cas, ça me regarde. Jane est ma fille, et je la garde avec moi.

J'en avais assez entendu. Je montai comme une folle l'escalier obscur, me jetai sur mon lit et éclatai en sanglots : j'allais quitter Elvie, je ne verrais plus Sinclair, et les deux personnes que j'aimais le plus au monde venaient de se disputer à cause de moi.

Bien entendu je gardai le contact en écrivant. Ma grand-mère répondait de longues lettres tout imprégnées des sons et des odeurs d'Elvie. Deux années venaient presque de s'écouler quand elle suggéra : « Pourquoi ne viendrais-tu pas en Écosse quelque temps ? Pour des vacances, un mois ou deux. Tu nous manques terriblement et tu aurais tant de choses nouvelles à voir. J'ai planté une nouvelle allée de roses dans le jardin clos. Sinclair sera là au mois d'août. Il a un petit appartement à Londres, dans Earls Court, où il m'a invitée à déjeuner à ma dernière visite en ville. S'il y a le moindre problème pour ton billet d'avion, il te suffit de me le dire et je demanderai à Mr. Bembridge, l'agent de voyages, de t'envoyer un ticket aller-retour. Parles-en avec ton père. »

La perspective de passer le mois d'août à Elvie, avec Sinclair, était plus que tentante, mais il m'était impossible d'aborder le sujet avec mon père. Leur discussion orageuse dans la bibliothèque restait gravée dans ma mémoire et j'étais sûre qu'il refuserait.

De plus, le temps et la possibilité d'effectuer un voyage en Europe semblaient faire défaut. Nous vivions un peu comme des nomades. À peine étions-nous installés quelque part qu'il fallait repartir. Parfois nous étions riches, mais le plus souvent fauchés. Sans la rigueur de ma mère, l'argent filait comme de l'eau claire entre les doigts de mon père. Nous vivions tantôt dans des demeures hollywoodiennes, tantôt dans des motels, dans des appartements de la Cinquième Avenue à New York, dans des pensions miteuses. Les années se succédaient, nous passions notre vie à voyager à travers l'Amérique sans jamais nous établir, et le souvenir d'Elvie s'estompait et devenait irréel, comme si les eaux du lac avaient tout recouvert. Je devais même faire un effort pour me rappeler que la maison existait toujours, là-bas, avec des gens qui faisaient partie de moi, des gens que j'aimais et qui n'étaient pas engloutis ni perdus à jamais, balayés par quelque catastrophe naturelle.

Le gémissement de Rusty, couché à mes pieds, me fit sursauter. Absorbée par mes pensées, j'avais oublié jusqu'à son existence. Alors, comme un film de vacances que l'on aurait interrompu au beau milieu, le présent soudain refit surface. Je pris conscience que mes cheveux étaient presque secs, que Rusty réclamait sa gamelle et que moi-même j'avais faim. J'abandonnai donc mon peigne, chassai Elvie de mon esprit, allai remettre du bois dans la cheminée, et inspectai le frigo dans l'espoir d'y trouver quelque chose à manger.

Il était bientôt neuf heures du soir lorsque j'entendis la voiture descendre la colline en provenance de La Carmella. Je l'entendis parce que, comme toutes les voitures, sur cette portion de route, elle était obligée de rouler en première. Comme chaque fois que j'étais seule, tous mes sens étaient en alerte, prêts à capter le moindre son suspect.

J'étais en train de bouquiner, ma main se figea sur la page que je m'apprêtais à tourner et je tendis l'oreille. Rusty perçut ma crispation et se dressa sur son postérieur, sans un bruit, aux aguets. Nous écoutions l'un et l'autre avec la même intensité. Une bûche glissa dans l'âtre. Au loin, les vagues roulaient. La voiture continua d'approcher.

Je me mis à réfléchir à toute vitesse. Ce ne pouvait être que Myrtle et Bill. Ils étaient probablement allés au cinéma à La Carmella. Cependant, au lieu de s'arrêter devant l'épicerie, la voiture poursuivit sa route, toujours en première, dépassa les cèdres où les pique-niqueurs garaient habituellement leurs véhicules, et s'engagea sur la piste qui menait au bungalow.

Mon père ? Il ne devait pas rentrer avant le lendemain. Le jeune surfeur rencontré sur la plage, qui venait se faire offrir une bière ? Un rôdeur ? Un prisonnier évadé ? Un maniaque sexuel ?

Je me levai d'un bond, lâchai mon livre, et me précipitai pour contrôler les serrures des portes. Les deux étaient verrouillées. Mais les fenêtres n'avaient pas de rideaux et n'importe qui pouvait m'observer à mon insu. Saisie de panique, j'éteignis toutes les lumières. Mais le feu brûlait vigoureusement dans la cheminée et éclairait la pièce d'une lumière vacillante, qui projetait sur les murs des ombres inquiétantes.

Les phares approchaient et sondaient les ténèbres. Enfin je pus distinguer la voiture elle-même, qui avançait lentement en cahotant sur les ornières de la route. Elle dépassa le bungalow voisin, et s'arrêta derrière le nôtre, le long de la véranda. Ce n'était pas mon père.

J'appelai Rusty à voix basse, pour sentir le réconfort de son collier sous mes doigts et la chaleur de sa fourrure. Des grondements sortirent du fond de sa gorge, mais il n'aboya pas. Le moteur de la voiture s'éteignit, la portière s'ouvrit, se referma avec un claquement sec. Puis le silence. Ensuite des pas approchèrent sur la bande de sable qui séparait la véranda de la route, et on frappa à la porte.

Malgré moi, j'émis un hoquet de frayeur. C'en était trop pour Rusty qui échappa à ma main pour se ruer sur la porte en aboyant à tue-tête, prêt à bondir sur l'intrus.

— Rusty !

Je courus derrière lui, mais il continua de japper.

— Rusty, arrête... Rusty !

Je le saisis par son collier anti-puces afin de l'éloigner de la porte, mais il continua de clabauder furieusement. Je m'aperçus alors que, de l'extérieur, on devait le prendre pour un chien de garde, et, dans la détresse où je me trouvais, cela me convenait parfaitement.

Je repris mes esprits, parvins à le faire taire, et me

redressai. Mon ombre, projetée par les flammes, dansait sur la porte.

Je déglutis, respirai à fond et lançai de la voix la plus ferme et assurée possible :

— Qui est là ?

Un homme me répondit :

— Je suis désolé de vous déranger, mais je cherche la maison de Mr. Marsh.

Un ami de mon père ? Ou bien une ruse pour entrer ? J'hésitais.

— Est-ce bien ici qu'habite Rufus Marsh ? reprit l'inconnu.

— Oui, c'est ici.

— Est-il là ?

Encore une ruse ?

— Pourquoi ?

— Eh bien... on m'a dit que je le trouverais ici.

J'en étais toujours à me demander ce que je devais faire, lorsque l'homme ajouta :

— Êtes-vous Jane ?

Il n'y a rien de plus désarmant que d'entendre un étranger vous appeler par votre prénom. Par ailleurs, il y avait quelque chose dans sa voix, sa façon de parler, malgré le filtre de la porte fermée... quelque chose...

— Oui, c'est moi.

— Votre père est-il là ?

— Non, il est à Los Angeles. Qui êtes-vous ?

— Je m'appelle David Stewart... je... pardonnez-moi, mais c'est un peu difficile d'engager une conversation à travers une porte...

Mais j'avais dégagé le verrou avant même qu'il ait terminé sa phrase, et je lui ouvris. J'avais agi ainsi sans trop réfléchir, d'une façon qui pouvait paraître imprudente, mais, en fait, je le fis à cause de la manière très singulière dont il avait dit son nom. Stewart. Les Américains ont toujours du mal à le prononcer. En général ils disent : Stiouwart. Or l'homme l'avait dit à la manière de ma grand-mère. Donc il n'était pas américain, et avec un tel nom, il venait probablement d'Écosse.

Peut-être même avais-je bêtement imaginé que j'allais le reconnaître. Or je ne l'avais jamais vu. Il se dressait devant moi, sa silhouette découpée par les phares de sa voiture. Seule la lumière du feu éclairait son visage. Il portait des lunettes à monture d'écaille et il était très grand, bien plus grand que moi. Nous nous dévisagions, lui surpris par mon brusque changement d'attitude, moi submergée par une rage soudaine. Rien ne déclenche plus ma colère que la frayeur, et je venais d'avoir une peur bleue.

— Qu'est-ce qui vous prend de venir rôder ici au milieu de la nuit ? lui demandai-je d'une voix tremblotante.

Il répondit, à juste raison il faut l'admettre :

— Il est seulement neuf heures, et je ne rôde pas.

— Vous auriez pu téléphoner pour m'annoncer votre venue.

— Je n'ai pas pu trouver votre numéro dans l'annuaire.

Il n'avait encore esquissé aucun geste pour entrer. Rusty continuait de gronder à l'écart.

— Et j'ignorais que vous seriez seule, ajouta-t-il. Sinon j'aurais attendu avant de venir.

Ma colère s'apaisait et je commençais à me sentir un peu honteuse de mon emportement.

— Eh bien, puisque vous êtes là, vous feriez mieux d'entrer.

Je reculai et tendis la main vers l'interrupteur. La pièce s'emplit d'une lumière froide, crue. Pourtant le visiteur hésitait encore.

— Vous ne voulez pas voir mes pièces d'identité ?... ma carte de crédit ? mon passeport ?

Je lui jetai un regard sombre. Une lueur d'amusement dansait derrière ses lunettes, et je me demandai pourquoi il trouvait la situation si drôle.

— Si vous aviez vécu ici aussi longtemps que moi, je pense que vous n'ouvririez pas votre porte au premier rôdeur venu.

— Avant que le rôdeur n'entre chez vous, il ferait bien d'aller éteindre ses phares de voiture. Je les avais laissés allumés pour voir où je mettais les pieds.

Sans attendre la réplique cinglante que j'aurais aimé lui adresser, David Stewart me tourna le dos, laissant la porte ouverte. J'allai remettre aussitôt une bûche sur le feu. Mes mains tremblaient encore et mon cœur cognait dans ma poitrine. Je redressai le tapis devant la cheminée, expédiai d'un coup de pied l'os de Rusty sous un fauteuil, et allumai une cigarette. David Stewart entra et ferma la porte derrière lui.

Je me tournai vers lui. Il avait le teint clair et les cheveux noirs comme la plupart des Écossais des Highlands. Il était mince, et avait l'air d'un savant, avec ses manières saccadées et gauches. Ou plutôt, il ressemblait avec son costume de tweed uni, légèrement poché aux coudes, aux genoux et aux boutonnières, avec sa chemise à carreaux beige et blanche et sa cravate vert foncé, à un maître d'école ou à un professeur enseignant quelque science obscure. Il était difficile de lui donner un âge. Il pouvait avoir entre trente et quarante ans.

— Vous sentez-vous mieux, maintenant ? s'enquit-il.

— Je me sens très bien.

Mais mes mains tremblaient et il s'en aperçut.

— Un petit verre ne vous ferait pas de mal !

— Je ne sais pas s'il y a de l'alcool dans la maison.

— Où pourrait-il se cacher, selon vous ?

— Peut-être sous la banquette de la fenêtre.

Il alla ouvrir le placard bas, fouilla à droite et à gauche, et revint avec des moutons de poussière sur sa manche et un flacon de whisky Haig.

— Exactement ce qu'il nous faut. Il ne manque plus qu'un verre.

J'allai dans la cuisine chercher deux verres, une carafe d'eau, le bac à glaçons, puis je l'observai en train de nous servir. Les verres avaient une teinte sombre suspecte.

— Je n'aime pas beaucoup le whisky, lui dis-je.

— Prenez ça comme un médicament, me conseilla-t-il en me tendant le verre.

— Je ne tiens pas à m'enivrer !

— Avec ça, vous ne risquez pas.

Il avait probablement raison. Le whisky avait un goût de fumé et irradiait une délicieuse chaleur. Rassérénée, et gênée de ma conduite stupide, je risquai un sourire, auquel il répondit en suggérant :

— Si on s'asseyait ?

Nous nous assîmes donc, moi sur le tapis devant la cheminée, lui sur le bord du grand fauteuil de mon père, les mains entre les genoux, le verre entre ses pieds.

— Simple curiosité. Qu'est-ce qui vous a subitement décidée à m'ouvrir la porte ?

— La façon dont vous avez prononcé votre nom. Stewart. Vous venez d'Écosse, n'est-ce pas ?

— Oui.

— De quel coin ?

— Caple Bridge.

— Mais c'est juste à côté d'Elvie !

— En effet. Voyez-vous, je représente l'étude Ramsay McKenzie et King...

— Les notaires qui gèrent les affaires de ma grand-mère.

— C'est exact.

— Je ne me souviens pas de vous.

— Je ne suis associé de ce cabinet que depuis cinq ans.

Un froid glacial me serrait le cœur mais je me forçai à demander :

— Il n'y a rien... de grave ?

— Non, rassurez-vous.

— Alors pourquoi êtes-vous là ?

— C'est au sujet de plusieurs lettres restées sans réponse, expliqua David Stewart.

3

Je le regardai avec étonnement :

— Je ne comprends pas.

— Quatre lettres, pour être précis. Trois de Mrs. Bailey elle-même, et une de moi, écrite à sa demande.

— Des lettres adressées à qui ?

— À votre père.

— Quand ?

— Au cours des deux derniers mois.

— Êtes-vous certain que les lettres ont été envoyées ici ? Nous déménageons très souvent, précisai-je.

— Vous avez écrit vous-même à votre grand-mère pour lui indiquer cette adresse.

Il disait vrai. J'avertissais ma grand-mère chaque fois que nous déménagions. Je jetai ma cigarette à demi consumée dans la cheminée et m'efforçai de comprendre cette histoire pour le moins insolite. Malgré ses nombreux défauts, mon père n'était pas un homme secret. Bien au contraire, il était capable de fulminer et de pester pendant des jours entiers quand quelque chose le contrariait ou le dérangeait. Or je ne l'avais entendu faire aucune allusion à des lettres.

— Vous n'avez vu aucune de ces lettres ? insista David Stewart.

— Non. Mais ça n'a rien de surprenant : chaque jour, c'est mon père qui va chercher le courrier à l'épicerie.

— Peut-être n'en a-t-il jamais pris connaissance ?

Mais cela non plus, ce n'était pas dans le caractère de mon père. Il ouvrait systématiquement toutes les lettres, pas nécessairement pour les lire, mais dans l'heureuse éventualité où elles contiendraient un chèque.

— Non, ça ne lui ressemble pas, dis-je en essayant de déglutir pour chasser la boule qui commençait à me serrer la gorge. Quel était l'objet de ces lettres ? à moins que vous ne soyez pas au courant.

— Si, bien entendu, je suis au courant, répondit-il d'un ton un peu sec.

On l'imaginait aisément assis derrière un bureau démodé, s'éclaircissant la gorge pour masquer ses émotions, déjouant les pièges de testaments nébuleux, enregistrant des déclarations sous serment, procédant à des ventes, des cessions de bail, des permis de visite de maisons à vendre...

— Tout simplement, votre grand-mère aimerait que vous alliez en Écosse lui rendre visite.

— Je sais, elle en parle toujours dans ses lettres.

— Vous n'avez pas envie d'y aller ? demanda David Stewart, surpris.

— Mais si... bien sûr, j'en ai envie...

Je songeai à mon père, à la discussion surprise entre lui et ma grand-mère.

— Je ne sais pas. Je ne peux pas me décider comme ça.

— Y a-t-il une raison qui vous empêche de venir ?

— Eh bien, évidemment il y a... mon père.

— Vous voulez dire que personne d'autre ne peut s'occuper de la maison pour lui ?

— Non, ce n'est pas ce que je veux dire.

David Stewart attendait que je précise ma pensée. Son regard insistant m'embarrassait et je détournai la tête vers la cheminée. J'avais le sentiment désagréable que mon visage trahissait une expression qu'il pourrait qualifier de craintive.

— Vous savez, le fait que votre père vous ait emmenée avec lui, en Amérique, n'a laissé aucune rancœur.

— Ma grand-mère voulait que je reste à Elvie.

— Alors vous êtes au courant ?

— Oui. Je les ai entendus se disputer. Ça ne leur était jamais arrivé. Je croyais qu'ils s'entendaient bien. Mais ils ont eu des heurts terribles à cause de moi.

— Ça remonte à sept ans. Je suis sûr que, maintenant, nous pouvons arriver à un arrangement.

J'avançai alors l'argument le plus évident : l'argent.

— Le voyage coûte très cher.

— Mrs. Bailey vous offre le billet.

J'imaginai la réaction de mon père en entendant cela.

— Vous ne serez pas absente plus d'un mois. Ça ne vous tente pas ? demanda-t-il pour la seconde fois.

Sa façon de faire me désarmait.

— Si, bien sûr.

— Alors pourquoi un tel manque d'enthousiasme ?

— Je ne veux pas contrarier mon père. Et il est évident qu'il ne souhaite pas me voir retourner à Elvie, sinon il aurait répondu à ces lettres.

— Ah oui, les lettres. Je me demande ce qu'il a bien pu en faire !

Je désignai la table, derrière lui, encombrée de manuscrits, d'ouvrages de travail, de vieux dossiers, d'enveloppes et de factures impayées.

— Elles doivent être par là, je suppose.

— À votre avis, pourquoi ne vous en a-t-il jamais parlé ?

Je connaissais la réponse, mais je préférais la taire. D'une certaine façon, mon père gardait rancune à Elvie de compter autant pour moi. Peut-être était-il un peu jaloux de la famille de ma mère. Il craignait de me perdre.

— Je n'en ai aucune idée, mentis-je.

— Quand doit-il revenir de Los Angeles ?

— Je ne crois pas utile que vous le rencontriez. Ça ne pourrait que lui faire de la peine. Car même s'il accepte que j'aille en Écosse, jamais je ne pourrais le laisser seul ici.

— Mais il existe sûrement un moyen de tout concilier.

— Non. Mon père a besoin de quelqu'un qui veille sur lui. Il est totalement démuni devant la vie pratique. Il ne penserait même pas à acheter à manger, à mettre de l'essence dans sa voiture. Si je le laissais seul, je passerais mon temps à m'inquiéter pour lui.

— Jane... vous devez penser aussi à vous.

— Un jour, je trouverai le moyen d'aller voir ma grand-mère... Dites-le-lui. Plus tard.

David Stewart réfléchit un moment en silence. Il finit son whisky et reposa le verre vide.

— Bien, voilà ce que je vous propose. Demain matin, vers onze heures, je repars pour Los Angeles. J'ai un billet pour vous dans l'avion de New York, mardi matin. Vous allez dormir là-dessus, et si jamais vous changez d'avis...

— Je ne changerai pas d'avis.

— Si jamais vous changez d'avis, rien ne peut vous empêcher de venir avec moi. Et je persiste à croire que vous le ferez, ajouta-t-il en se penchant vers moi.

Je déteste que l'on me toise, aussi me levai-je à mon tour.

— Vous semblez très sûr de vous, Mr. Stewart.

— C'est parce que j'espérais que vous viendriez.

— Vous pensez que je cherche de mauvais prétextes, n'est-ce pas ?

— Pas entièrement.

— Je regrette que vous ayez fait ce long voyage pour rien.

— Je me trouvais à New York pour affaires. Et je suis ravi d'avoir fait votre connaissance. Je regrette seulement de ne pas avoir vu votre père. Au revoir, Jane, dit-il en me tendant la main.

Je lui tendis la mienne après une seconde d'hésitation. Les Américains ne sont guère portés sur les poignées de main, et on en perd vite l'habitude.

— Je transmettrai votre affection à votre grand-mère.

— S'il vous plaît, oui. Et aussi à Sinclair.

— Sinclair ?

— Vous devez sans doute le voir quand il vient à Elvie, non ?

— Oh... oui ! oui, bien sûr ! Je lui transmettrai votre bon souvenir.

— Dites-lui de m'écrire, ajoutai-je, en me penchant précipitamment pour caresser Rusty.

Je ne voulais pas que David Stewart voie mes yeux embués de larmes.

Après son départ, je rentrai dans le bungalow et marchai tout droit vers la table où mon père rangeait ses papiers. Je finis par retrouver une à une les quatre lettres restées sans réponse, toutes les quatre ouvertes. Je ne les lus pas. Quelque chose en moi me l'interdisait. De toute façon, je connaissais leur contenu. Aussi je les remis en place dans le fouillis.

Ensuite j'allai me mettre, à genoux, sur la banquette devant les baies, ouvris une fenêtre, et me penchai pour respirer l'air de la nuit. Il faisait très sombre, l'océan était noir d'encre, la brise fraîche, mais mes frayeurs s'étaient dissipées. Je songeais à Elvie avec nostalgie. Aux oies sauvages qui traversaient le ciel d'hiver, à l'odeur de la tourbe brûlant dans la cheminée du vestibule. Au loch, tantôt d'un bleu étincelant et lisse comme un miroir, tantôt gris et agité de vagues blanches par les tempêtes du nord. J'avais si violemment envie d'être là-bas, tout à coup, que j'en ressentais presque une douleur physique.

Et j'étais en colère contre mon père. Je ne voulais pas l'abandonner, mais je lui reprochais de n'avoir même pas abordé la question avec moi, ni de m'avoir donné la possibilité de prendre moi-même une décision. À vingt et un ans je n'étais plus une enfant, et je trouvais son attitude d'un égocentrisme insupportable.

Tu ne perds rien pour attendre, papa ! tu vas voir ! Je vais te mettre ces lettres sous le nez. Et tu vas m'entendre... Je vais...

Mais ma colère ne fit pas long feu. J'étais incapable de rancune. Refroidi par la fraîcheur de la nuit, mon ressentiment s'estompa, s'évanouit, et me laissa étrangement vide. Finalement, rien n'avait changé. J'allais rester avec mon père parce que je l'aimais, parce qu'il le voulait, parce qu'il avait besoin de moi. Il n'y avait pas d'autre choix possible. Et je ne lui parlerais pas des lettres, pour ne pas l'humilier et surtout pour qu'il ne se sente pas déprécié à mes yeux, car si nous devions avoir un avenir ensemble, il était important qu'il garde toute sa dignité.

Le lendemain matin, j'étais occupée à lessiver la cuisine, lorsque j'entendis le ronflement très reconnaissable du moteur de notre vieille Dodge qui franchissait le col et descendait la piste de Reef Point. J'essuyai en vitesse le dernier carré de linoléum craquelé, me relevai d'un bond, essorai la serpillière, vidai l'eau sale dans l'évier, et sortis sur la véranda pour accueillir mon père, tout en séchant mes mains sur mon vieux tablier rayé.

Il faisait un temps splendide. Le soleil était

chaud, le ciel bleu et piqueté de petits nuages blancs, l'air matinal frémissait sous une brise légère, et les vagues de la marée montante se fracassaient sur la plage. J'avais déjà étendu une lessive, et le linge claquait au vent lorsque je passai dessous pour aller à la rencontre de la voiture qui cahotait sur les ornières.

Je vis aussitôt que mon père n'était pas seul. Comme le temps était beau, il avait abaissé la capote et, à côté de lui, je reconnus la chevelure flamboyante de Linda Lansing qui flottait au vent. En m'apercevant, elle se pencha par la portière en agitant la main, et son caniche blanc, juché sur ses genoux, se pencha, lui aussi, et se mit à aboyer furieusement dans ma direction, comme s'il me contestait le droit d'être là.

Alerté par les jappements du caniche, Rusty, qui était sur la plage en train de jouer avec un vieux panier, accourut à ma rescousse et déboucha comme un boulet à l'angle du bungalow, en aboyant comme un forcené, les crocs menaçants, visiblement impatient de les planter dans le cou blanc du caniche. Mon père poussa un juron, Linda poussa un cri en serrant contre elle son caniche, le caniche poussa des jappements, et moi je saisis Rusty par le collier pour le pousser dans la maison en lui ordonnant de se taire. Il n'y avait pas d'autre moyen pour pouvoir enfin échanger quelques mots.

Je laissai Rusty bouder dans le bungalow et ressortis. Mon père était déjà descendu de voiture. Il en fit le tour pour venir m'embrasser. J'eus l'impression qu'un gorille me serrait dans ses bras. Sa barbe me râpa la joue.

— Bonjour, ma belle. Tout va bien ?

— Oui, très bien, répondis-je en m'écartant. Bonjour, Linda.

— Bonjour, mon chou.

— Désolée pour le chien, dis-je en avançant pour lui ouvrir la portière.

Linda était maquillée comme pour une soirée. Elle portait des faux cils, un ensemble cintré bleu clair et des ballerines dorées. Le caniche avait un collier rose serti de strass.

— Ce n'est rien. Mitzi est trop nerveuse. Sans doute parce qu'elle est trop choyée.

Linda tendit la joue vers mon baiser en arrondissant les lèvres. Je l'embrassai et le caniche se remit à aboyer.

— Bon sang, vas-tu enfin faire taire ce clébard ! s'écria mon père.

Linda jeta le chien sans cérémonie hors de la voiture et descendit à son tour.

Linda Lansing était une actrice. Quelque vingt ans plus tôt, elle avait débuté comme starlette à Hollywood, ce qui lui avait valu une prodigieuse campagne de publicité personnelle, suivie d'une série de films insipides, dans lesquels elle jouait généralement le rôle d'une bohémienne ou d'une paysanne, vêtue d'un corsage échancré qui lui dénudait l'épaule, la lèvre écarlate et l'expression boudeuse. Comme c'était prévisible, ce genre de films ainsi que son style de jeu étaient passés rapidement de mode. Et Linda avec eux. Mais comme elle était loin d'être stupide, elle avait eu l'astuce de se marier au bon moment. « Mon mari passe avant ma carrière », lisait-on sous les photos de son mariage publiées dans la presse. Et elle disparut un certain temps de la scène et d'Hollywood. Mais récemment, après avoir divorcé de son troisième mari et avant d'en avoir retrouvé un quatrième, elle avait refait des apparitions dans de petits rôles à la télévision. Pour une jeune génération de spectateurs, c'était un visage nouveau, et, bien dirigée, elle avait révélé un talent insoupçonné pour la comédie.

Nous l'avions rencontrée au cours d'un de ces ennuyeux brunchs dominicaux au bord d'une piscine, typiques de la vie hollywoodienne. Mon père avait été aussitôt séduit. Linda était en effet la seule femme présente avec qui l'on pouvait discuter. Moi-même je la trouvais très sympathique. Elle avait un sens de l'humour très sain, une voix chaude et profonde, et une étonnante aptitude à rire d'elle-même.

Mon père a du succès auprès des femmes, mais il a toujours vécu ses aventures avec une discrétion admirable. Je savais qu'il avait une liaison avec Linda, mais jamais je n'aurais imaginé qu'il l'amènerait à Reef Point.

Je décidai de prendre les choses avec philosophie.

— En voilà une surprise, Linda ! Que venez-vous faire dans notre trou perdu ?

— Oh, tu dois savoir comment ça se passe lorsque ton père commence à faire du chantage ! Quelle merveille, l'air de la mer !

Linda aspira une grande bouffée d'air marin, toussota, puis se tourna vers la voiture pour prendre son sac à main. C'est alors que j'aperçus les élégants bagages empilés sur le siège arrière. Trois valises, un sac-penderie, une mallette de maquillage, un manteau de vison sous housse en plastique, et le panier de Mitzi avec le « nonos » en caoutchouc rose. Je restai muette un instant, mais avant que j'aie pu dire un mot, mon père me ramena à la réalité d'un coup de coude et m'écarta de son chemin pour sortir deux des valises.

— Ne reste pas plantée là, la bouche ouverte, dit-il. Porte quelque chose.

Là-dessus, il se dirigea vers le bungalow. Linda, en voyant mon expression, déclara avec tact que Mitzi avait besoin de se dégourdir les pattes sur la plage. Je commençai à suivre mon père, puis me ravisai et revins chercher le panier du caniche.

Je le rejoignis dans la salle de séjour, au milieu de laquelle il venait de déposer les deux valises. Il avait jeté sa casquette à longue visière sur une chaise, et une liasse de lettres et de vieux papiers sur la table. La pièce, que je venais de ranger et de nettoyer, reprit immédiatement son aspect négligé du quotidien. Mon père était capable de créer le désordre n'importe où, par le simple fait d'entrer quelque part. Il s'approcha de la fenêtre pour contempler la vue et aspira l'air du large à pleins poumons. Pardessus son épaule massive, j'aperçus la silhouette lointaine de Linda qui marchait le long du rivage avec le caniche. Rusty, qui boudait toujours près de la banquette, ne remua même pas la queue.

Mon père se retourna et chercha son paquet de cigarettes dans sa poche de chemise. Il arborait un air satisfait.

— Alors ? Tu ne me demandes pas comment ça s'est passé ?

Il alluma une cigarette et me regarda en fronçant les sourcils.

— Pourquoi restes-tu plantée là avec le panier du chien ? ajouta-t-il en jetant l'allumette enflammée par la fenêtre. Pose ce panier, Jane !

Mais au lieu d'obtempérer, je lui dis :

— Peux-tu m'expliquer ce qui se passe ?

— Que veux-tu dire ?

Je savais que toute cette désinvolture et cet entrain n'étaient que rodomontades.

— Tu comprends très bien ce que je veux dire. Je parle de Linda.

— Quoi, Linda ? Tu l'aimes bien, non ?

— Bien sûr, je l'aime bien. Mais la question n'est pas là. Qu'est-elle venue faire ici ?

— Je lui ai demandé de venir.

— Avec toutes ses affaires ? Combien de temps ?

— Eh bien... (Il eut un large geste de la main.) Aussi longtemps qu'elle le souhaitera.

— Elle ne travaille pas ?

— Elle a tout plaqué.

Il alla rôder dans la cuisine à la recherche d'une boîte de bière. La porte du réfrigérateur grinça en se refermant.

— Linda en a assez de Los Angeles. Comme nous. Alors je me suis dit... pourquoi pas ? (Il reparut sur le seuil du salon, la bière à la main.) D'ailleurs, j'avais à peine formulé la suggestion que Linda avait déjà trouvé quelqu'un pour louer sa maison, bonne comprise, et fait ses bagages. Jane, est-ce que par hasard tu te serais prise d'une affection débordante pour ce panier à chien ?

— Combien de temps ? répétai-je en ignorant son ironie.

— Aussi longtemps que nous y resterons. Peut-être tout l'hiver.

— Il n'y a pas de place.

— Mais si, il y a de la place ! Et puis je suis quand même chez moi !

Il vida sa bière, jeta adroitement la boîte dans la poubelle à travers la cuisine, et sortit chercher le restant des bagages. Cette fois il porta les valises dans sa chambre. Je posai enfin le panier de Mitzi et le suivis. Entre le lit gigantesque, les valises et nous deux, il restait très peu de place.

— Où va dormir Linda ?

— À ton avis ? lança-t-il en s'asseyant sur le lit géant. Ici, évidemment.

Je ne trouvai rien à répondre. Je me contentais de le fixer. Jamais encore cela ne s'était produit. Je me demandais s'il avait perdu l'esprit.

Quelque chose sur mon visage dut l'alerter, car il eut soudain l'air contrit et me prit les mains.

— Janey, ne me regarde pas comme ça. Tu n'es plus une enfant, je n'ai pas à me cacher devant toi. Tu aimes bien Linda. Jamais je ne l'aurais amenée si j'avais pensé que tu ne l'aimais pas. Et puis ce sera une compagnie pour toi. Je n'aurai plus à te laisser seule si souvent. Allons, chérie, ne prends pas cet air grognon et va nous faire du café.

— Je n'ai pas le temps.

— Comment ça ?

— Je... il faut que je prépare ma valise.

Je quittai sa chambre pour la mienne, tirai ma valise de sous le lit, l'ouvris, et entrepris d'y fourrer mes affaires, comme on voit les acteurs le faire au cinéma, en vidant carrément les tiroirs dans la valise.

Par la porte entrouverte, mon père lança :

— Mais que fais-tu ?

Les mains pleines de chemises, de ceintures et de mouchoirs, je me retournai pour dire :

— Je pars.

— Où ?

— En Écosse.

Il fit un pas dans ma chambre et me prit le bras pour m'obliger à lui faire face. Mais je ne lui laissai pas le temps de dire un mot.

— Tu as reçu quatre lettres. Trois de ma grand-mère et une de son notaire. Tu les as ouvertes, tu les as lues, mais tu ne m'en as pas parlé parce que tu ne voulais pas que j'aille là-bas. Tu n'as même pas essayé d'en discuter avec moi.

Sa main ne lâcha pas mon bras, mais je le vis pâlir.

— Comment as-tu appris l'existence de ces lettres ?

Je lui parlai de David Stewart.

— Il m'a tout raconté. D'ailleurs c'était inutile, car je savais déjà tout.

— Qu'est-ce que ça veut dire, tout ?

— Que tu n'as jamais voulu que je reste à Elvie après la mort de maman. Que tu ne voulais même pas que j'y retourne. (Il me fixait, intrigué.) J'ai tout entendu, ce jour-là ! m'écriai-je comme s'il était devenu sourd, j'étais dans le hall, et j'ai entendu ce que grand-mère et toi avez dit.

— Et tu n'en as jamais parlé ?

— À quoi ça aurait servi ?

Il s'assit avec précaution sur mon lit, comme s'il s'appliquait à ne rien bousculer.

— Tu aurais voulu que je te laisse là-bas ?

— Mais non ! répondis-je, furieuse de son manque de compréhension. J'étais heureuse de vivre avec toi, et c'était la seule façon. Mais c'était il y a sept ans, et maintenant je suis une adulte. Tu n'avais pas le droit de me cacher ces lettres et de ne pas en discuter avec moi !

— Tu as tellement envie de retourner là-bas ?

— Oh oui, j'en ai envie. J'adore Elvie. Tu sais ce que ça représente pour moi.

Je ramassai ma brosse à cheveux, mes photos, et les casai dans un coin de la valise.

— Je n'avais pas l'intention de te parler de ces lettres, papa. Je pensais que ça te ferait de la peine et, de toute façon, je ne pouvais pas partir en te laissant seul. Mais maintenant c'est différent.

— D'accord, c'est différent et tu t'en vas. Je ne t'en empêcherai pas. Mais comment comptes-tu y aller ?

— David Stewart quitte La Carmella ce matin à onze heures. En me dépêchant, je devrais le rattraper. Il a une réservation pour moi sur le vol de New York demain matin.

— Et quand comptes-tu revenir ?

— Je ne sais pas. Un jour...

Je fourrai dans ma valise le livre d'Anne Morrow Lindbergh[1], *Gift from the Sea*, dont je ne me séparais jamais, ainsi que mon disque favori de Simon and Garfunkel, puis je rabattis le couvercle de la valise. Ça débordait de partout et il était impossible de la fermer. Je la rouvris, aplatis fébrilement quelques affaires, mais sans plus de succès. Finalement mon père vint à mon secours et usa de sa force pour verrouiller la valise récalcitrante.

Nos regards se croisèrent.

— Tu sais, je ne partirais pas si Linda n'était pas là...

Ma voix se brisa. Je décrochai mon imperméable de la patère et l'enfilai.

— Tu oublies d'enlever ton tablier, remarqua mon père.

En temps ordinaire, c'était le genre de chose qui nous aurait fait rire. Pas ce jour-là. Dans un silence oppressant, je dénouai la ceinture du tablier, l'ôtai d'un geste brusque, et le jetai sur le lit.

— Ça t'ennuie, si je prends la voiture pour aller à La Carmella ? Tu pourras la récupérer au motel.

— Mais non, bien sûr, répondit-il. Attends...

Il disparut dans sa chambre et revint la main

---

1. Anne Morrow Lindbergh : Écrivain américain et femme de Charles Lindbergh, auteur d'ouvrages célèbres sur l'environnement, de poèmes et d'essais. *(N.d.T.)*

pleine de billets. Des billets de cinq dollars, de dix dollars et de un dollar, froissés et salis comme un paquet de vieux journaux.

— Tiens, prends ça, dit-il en les fourrant dans la poche de mon imperméable. Tu en auras sûrement besoin.

— Mais, et toi...

C'est le moment que choisit Linda pour revenir de sa promenade sur la plage avec Mitzi. Le caniche en s'ébrouant saupoudrait de sable le sol du salon et Linda était enchantée de sa courte communion avec la nature.

— Oh, ces vagues ! Je n'en ai jamais vu d'aussi grosses ! Elles mesurent au moins trois mètres de haut !

Linda remarqua alors la valise, mon imperméable et, probablement, mon air misérable.

— Jane, que fais-tu ?

— Je pars.

— Pas à cause de moi, j'espère ?

— En partie, si. Mais seulement parce que papa aura quelqu'un pour s'occuper de lui.

Linda parut déconcertée, comme si la perspective de s'occuper de mon père la prenait totalement au dépourvu, mais elle cacha courageusement son désarroi et fit de son mieux pour donner le change.

— J'espère que tu vas bien t'amuser. Quand pars-tu ?

— Aujourd'hui. Tout de suite. Je prends la Dodge jusqu'à La Carmella et...

J'avais déjà commencé à reculer, car la situation devenait vraiment trop oppressante pour moi. Mon père souleva ma valise et me suivit.

— J'espère que vous passerez un bon hiver. Et que... il n'y aura pas trop de tempêtes. Et... il y a des œufs et du thon en boîte dans le frigo...

Je descendis les marches de la véranda, plongeai sous le linge qui séchait en me demandant si Linda penserait à le rentrer, et montai dans la voiture. Mon père casa la valise sur le siège arrière.

— Jane... commença-t-il.

Mais je n'avais pas la force de lui dire au revoir. J'avais déjà démarré lorsque je songeai à Rusty. Trop tard. Il avait entendu ma voix, la portière claquer, le bruit du moteur. Il surgit de la maison tel un boulet de canon en aboyant désespérément. Il courut à côté de la voiture, les oreilles basses, sans se soucier du danger.

C'en était trop. J'arrêtai la voiture. Mon père s'élança à son tour en appelant Rusty. Dressé sur ses pattes de derrière, le chien grattait frénétiquement ma portière. Je me penchai pour essayer de le repousser.

— Je t'en prie, Rusty, arrête ! Arrête ! Je ne peux pas t'emmener. Je ne peux pas t'emmener avec moi !

Mon père nous rattrapa, prit Rusty dans ses bras, et me regarda. Les yeux de Rusty étaient pleins de reproche, mais le regard de mon père avait une expression que je ne lui avais encore jamais vue et que j'avais du mal à définir. Tout ce que je savais, c'est qu'à cet instant je n'avais pas la moindre envie de les quitter, ni l'un ni l'autre, et je fondis en larmes.

— Tu t'occuperas bien de Rusty, n'est-ce pas ? marmonnai-je entre deux sanglots. Enferme-le pendant un moment pour qu'il ne cherche pas à suivre la voiture. Et ne le laisse pas s'échapper. Il n'aime que les boîtes de Pal, pour sa nourriture. Ne le laisse pas seul sur la plage, quelqu'un pourrait le voler.

Je cherchai un mouchoir. Comme d'habitude, je n'en avais pas, et, comme d'habitude, mon père en sortit un de sa poche pour me le donner. Une fois mouchée, je tendis les bras vers lui pour l'embrasser, ainsi que Rusty. Mon père dit : « Au revoir, mon poussin », nom qu'il ne m'avait plus donné depuis l'âge de six ans. Redoublant de sanglots, complètement aveuglée par les larmes, je redémarrai sans regarder en arrière, certaine qu'ils resteraient là jusqu'à ce que la voiture ait disparu derrière la crête.

Il était onze heures moins le quart lorsque je pénétrai dans le hall du motel. Le réceptionniste leva les yeux de derrière son comptoir, vit mon visage boursouflé et rougi par les larmes, sans manifester la moindre émotion, comme si des femmes en pleurs circulaient dans l'hôtel à longueur de journée.

— Est-ce que Mr. Stewart est déjà parti ? demandai-je.

— Non, pas encore. Il lui reste une facture de téléphone à régler.

— Quel est le numéro de sa chambre ?

L'homme consulta son registre, puis balaya du regard mon imperméable, mon jean, mes tennis avachies.

— Trente-deux. Vous désirez le voir ? dit-il en tendant la main vers le téléphone.

— Oui, s'il vous plaît.

— Je vais lui annoncer votre visite. Quel est votre nom ?

— Jane Marsh.

— Chambre trente-deux.

Il pointa le menton vers une porte pour m'indiquer le chemin.

Je suivis une allée couverte qui longeait une grande piscine d'un bleu scintillant. Deux femmes paressaient dans des chaises longues, tandis que leurs enfants barbotaient dans l'eau en braillant, et se disputaient un anneau en caoutchouc. J'avais à peine parcouru la moitié du chemin que je vis

David Stewart avancer à ma rencontre. Je me mis impulsivement à courir et, sous les regards intéressés des deux femmes et à ma propre surprise, je me jetai dans ses bras. Il m'enlaça d'un geste réconfortant puis s'écarta pour me demander :

— Quelque chose ne va pas ?

— Non, rien, répondis-je en recommençant à pleurer. Je pars avec vous.

— Pourquoi ?

— J'ai changé d'avis, c'est tout.

— Pourquoi ?

Je n'avais pas eu l'intention de le lui dire, mais je ne pus m'en empêcher.

— Mon père a une amie. Elle est de Los Angeles et... elle... elle a dit...

— Venez, dit David Stewart en jetant un coup d'œil aux deux femmes qui nous observaient.

Il m'entraîna vers l'intimité de sa chambre et referma la porte derrière nous. Je séchai mes larmes et fis un effort pour me ressaisir.

— Je vous écoute, dit-il.

— Linda va s'occuper de mon père. Donc je peux venir avec vous.

— Vous avez parlé des lettres à votre père ?

— Oui.

— Et il ne s'oppose pas à ce voyage ?

— Non, il est d'accord.

David se tut. Je le regardai et vis qu'il avait tourné

légèrement la tête et m'examinait du coin de son œil droit. Je devais découvrir plus tard que c'était chez lui une habitude, causée par sa vision déficiente et l'obligation de porter des lunettes, mais sur le moment cette attitude soupçonneuse me déconcerta.

— Vous ne voulez plus m'emmener ?

— La question n'est pas là. Simplement je ne vous connais pas suffisamment pour savoir si vous dites la vérité.

J'étais trop malheureuse pour me sentir offensée.

— Je ne mens jamais, répondis-je. Ou alors, quand cela m'arrive, je rougis et je baisse les yeux. Ça ne trompe personne. Je vous assure que mon père est d'accord.

Pour appuyer mes dires, je sortis de ma poche la boule de billets froissés. Certains voletèrent sur la moquette comme des feuilles mortes.

— Vous voyez, il m'a donné de l'argent.

David se pencha pour ramasser les billets et me les tendit.

— Je persiste néanmoins à penser, Jane, que je devrais mettre les choses au point avec lui avant que nous prenions l'avion. Nous pourrions...

— Je serais incapable de supporter d'autres adieux.

Le visage de David perdit sa sévérité. Il me tapota le bras et dit :

— Très bien. Restez ici. J'en ai pour un quart d'heure, tout au plus.

— C'est promis ?

— Promis.

Il s'en alla. J'explorai la chambre, feuilletai un journal, puis allai dans la salle de bains pour me laver le visage et les mains. Je me recoiffai et nouai mes cheveux en arrière avec un élastique oublié sur une étagère. Puis je ressortis attendre David au bord de la piscine.

Dès son retour, il chargea ma valise dans sa voiture et je m'installai à côté de lui sans rien dire. Nous quittâmes aussitôt La Carmella et rejoignîmes l'autoroute en direction de Los Angeles. Nous passâmes la nuit dans un motel près de l'aéroport. L'avion pour New York décollait le lendemain matin. Le soir même, un autre avion s'envolerait pour Londres.

C'est seulement une fois au-dessus de l'Atlantique que je me souvins du jeune homme avec qui j'avais rendez-vous à Reef Point, le dimanche suivant, pour faire du surf.

4

J'avais passé la plus grande partie de ma vie à Londres, pourtant j'eus l'impression, en y revenant, de la découvrir, tant elle était différente de celle que j'avais quittée. Les bâtiments de l'aéroport, les routes d'accès, le paysage, les immeubles, la circulation... tout avait changé au cours de ces sept dernières années. J'étais blottie sur la banquette arrière du taxi, ma valise à mes pieds. Il y avait tellement de brouillard que les réverbères étaient encore allumés et il faisait un froid humide dont j'avais perdu le souvenir.

N'ayant pas réussi à dormir dans l'avion, j'étais étourdie de fatigue et écœurée par les repas qui nous avaient été servis à deux heures du matin (si j'en croyais ce qu'indiquait ma montre, restée à l'heure californienne). J'avais le corps et la tête endoloris, la bouche pâteuse, mes yeux me brûlaient et j'avais l'impression de porter les mêmes vêtements depuis une éternité.

Des panneaux publicitaires, des routes qui s'entrecroisaient, des maisons, et Londres nous engloutit. Le taxi tourna à plusieurs carrefours, se faufila dans une rue paisible, bordée de voitures en stationnement, et s'arrêta devant un alignement de hautes maisons victoriennes.

J'y jetai un regard morne, en me demandant ce qu'on attendait de moi. David se pencha pour m'ouvrir la portière et annonça :

— C'est ici que nous descendons.

Je le regardai avec étonnement. Comment un homme, qui avait vécu avec moi le plus éprouvant des voyages en avion, en traversant « non stop » la moitié du monde, pouvait-il avoir l'air aussi frais, détendu et maître de la situation ? Je descendis docilement du taxi et restai plantée sur le trottoir en bâillant et en clignant des yeux comme un oiseau de nuit, pendant que David réglait la course et prenait les bagages. Il me guida vers un escalier qui conduisait à un appartement en sous-sol. La rampe était d'un noir luisant, le parterre pavé était orné d'une jardinière en bois garnie de géraniums, un peu noircis de suie mais néanmoins vifs et gais. David mit une clef dans la serrure et ouvrit la porte jaune.

L'appartement était tout blanc, avec des tapis persans, un canapé et des fauteuils tapissés de chintz, des meubles anciens, un miroir vénitien au-dessus de la cheminée. Il y flottait un parfum de maison de campagne. Des livres, des magazines, une vitrine remplie de porcelaine de Dresde, des carrés de tapisserie faite à la main et, derrière les fenêtres du fond, un petit jardin clos dans un patio, avec un platane, un banc en bois, et une statue encastrée dans une niche du mur de briques délavées.

David alla ouvrir une fenêtre, et je demandai :

— C'est votre appartement ?

— Non, celui de ma mère. Mais j'y habite lorsque je viens à Londres.

— Où est votre mère ?

On aurait dit que je m'attendais à la voir surgir.

— Elle est en vacances dans le sud de la France. Bien ! maintenant, ôtez votre manteau et mettez-vous à l'aise. Je vais faire du thé.

Il disparut par une porte et j'entendis un bruit de robinet, de bouilloire qu'on remplissait. Du thé. Le mot seul était réconfortant. Une bonne tasse de thé comme à la maison. Je bataillai avec les boutons de mon imperméable avant d'en venir à bout, et l'accrochai sur le dossier d'un fauteuil de style Chippendale (autant que je pouvais en juger). Puis je m'assis sur le canapé, en glissant un des coussins de velours sous ma tête, et je sombrai dans un profond sommeil.

Quand je m'éveillai, la lumière avait changé. Un long rai de soleil, où dansait la poussière, traversait mon champ de vision comme un faisceau de projecteur. Je changeai de position, chassai le sommeil de mes yeux, et regardai autour de moi. Une couverture légère et chaude me recouvrait.

Un feu crépitait dans la cheminée. Il me fallut un moment avant de m'apercevoir que c'était un feu électrique, avec des fausses bûches et de fausses flammes. Il régnait dans la pièce une atmosphère douce et chaleureuse. Je tournai la tête et aperçus David, enfoncé dans un profond fauteuil, submergé de dossiers et de papiers. Il avait changé de vêtements : chemise bleue, pull couleur crème avec un col en V. Faisait-il partie de ces gens qui n'ont jamais besoin de sommeil ? Il m'avait entendue remuer et m'observait.

— Quel jour sommes-nous ?

— Mercredi, répondit-il, avec un sourire amusé.

— Où sommes-nous ?

— À Londres.

— Non. Je veux dire dans quel quartier ?

— Kensington.

— Autrefois nous habitions Melbury Road. C'est loin d'ici ?

— Non, tout près.

— Quelle heure est-il ?

— Bientôt cinq heures.

— Quand partons-nous pour l'Écosse ?

— Ce soir. J'ai loué des wagons-lits sur le Royal Highlander.

Je fis un effort considérable pour m'asseoir, étouffer un bâillement, chasser mes cheveux de mon visage, et sortir enfin de ma torpeur.

— Me serait-il possible de prendre un bain ? demandai-je alors.

— Bien sûr !

Je pris donc un bain, dans une eau qui moussait peu et où je versai des quantités de sels de bain appartenant à la mère de David, qu'il m'avait gentiment encouragée à utiliser. Une fois baignée, je sortis des vêtements propres que je troquai contre les sales, et parvins miraculeusement à refermer ma valise. Ensuite je retournai au salon, où David m'attendait avec du thé chaud, des toasts beurrés et des biscuits au chocolat. Des vrais biscuits avec du vrai chocolat, pas comme ceux que l'on trouve en Amérique.

— C'est la réserve personnelle de votre mère ?

— Non. Je suis sorti les acheter pendant que vous dormiez. Il y a une petite épicerie, au coin de la rue. C'est pratique quand on est à court de quelque chose.

— Votre mère a toujours habité ici ?

— Non, seulement depuis un an ou deux. Elle possédait une maison dans le New Hampshire, mais elle était devenue trop grande pour elle et le jardin était une charge. Il devient difficile de trouver du personnel de maison. Alors elle l'a vendue. Elle a conservé ses meubles et ses objets préférés et s'est installée ici.

Cela expliquait l'atmosphère provinciale de l'appartement.

— Il y a quand même un jardin, remarquai-je en regardant le petit patio.

— Oui. Il est assez petit pour qu'elle puisse l'entretenir elle-même.

Je pris un autre toast et essayai d'imaginer ma grand-mère dans une situation semblable. Mais c'était impossible. Jamais ma grand-mère ne se serait laissé rebuter par la taille de sa maison ni la somme de ses tâches, ni par la difficulté de trouver et de garder jardiniers et cuisinières. D'ailleurs, Mrs. Lumley travaillait pour elle depuis toujours et continuait de faire de la pâtisserie, debout devant sa table de cuisine, malgré ses jambes souffrantes. Et Will, le jardinier, avait un petit cottage et un lopin de terre à lui, où il cultivait des pommes de terre, des carottes et des chrysanthèmes à grosse tête.

— Donc vous n'avez jamais vraiment vécu ici ?

— Non, répondit David. J'y loge seulement lorsque je suis de passage à Londres.

— Souvent ?

— Assez souvent, oui.

— Il vous arrive de rencontrer Sinclair ?

— Parfois.

— Que fait-il ?

— Il travaille dans une agence de publicité. Je pensais que vous le saviez.

L'idée m'effleura de téléphoner à mon cousin. S'il habitait Londres, il serait facile de trouver son numéro. J'hésitai un moment, puis finis par y renoncer. Je n'étais pas certaine de sa réaction, et je ne tenais pas à ce que David Stewart soit témoin de mon éventuelle déconvenue.

— Est-ce que... Sinclair a une petite amie ?

— Je suppose, oui.

— Non, je veux dire... une relation sérieuse.

— Jane, je n'en sais vraiment rien.

Songeuse, je suçai le beurre chaud du toast qui avait coulé sur mon doigt.

— Pensez-vous qu'il viendra à Elvie pendant mon séjour là-bas ?

— Il y a des chances.

— Et son père ? Est-ce qu'oncle Aylwyn vit toujours au Canada ?

David remonta les lunettes sur son nez d'un long doigt fuselé avant de répondre :

— Aylwyn Bailey est mort, il y a environ trois mois.

— Oh, non ! Je l'ignorais ! Pauvre grand-mère ! Elle a sans doute eu beaucoup de chagrin ?

— Oui, beaucoup.

— Et l'enterrement et...

— Au Canada. Il était malade depuis un certain temps. Il n'a pas pu revenir.

— Donc Sinclair ne l'a jamais revu ?

— Non, jamais.

La nouvelle me bouleversa et m'emplit de tristesse. Je songeai à mon père. Aussi exaspérant qu'il pouvait être parfois, pour rien au monde je n'aurais voulu être privée des moments privilégiés que nous avions vécus ensemble, et je me mis à plaindre Sinclair de tout mon cœur. Autrefois, c'était moi qui l'enviais de vivre à Elvie alors que je ne faisais qu'y passer mes vacances. Et s'il était privé de la présence de son père, la maison ne manquait pas d'hommes, car en plus de Will, le jardinier — pour qui nous avions tous les deux une grande affection —, il y avait aussi Gibson, le garde-chasse, un homme austère mais sage. Sans compter les deux fils de Gibson, Hamish et George, qui avaient à peu près l'âge de Sinclair et l'entraînaient dans toutes leurs aventures : Sinclair avait donc appris à tirer, à lancer la mouche, à jouer au cricket, à grimper aux arbres, et bénéficié de plus d'attentions et de temps que la plupart des garçons de son âge. Non, tout bien considéré, Sinclair avait été privé de très peu de choses.

⁂

Le Royal Highlander partait de la gare de Euston. Je passai la moitié de la nuit debout à regarder par la vitre et à me réjouir à l'idée que ce train filait vers le nord et que rien, hormis une désastreuse volonté divine, ne pouvait le stopper. À Édimbourg, je fus réveillée par une voix féminine teintée d'un fort accent qui annonçait : « Édimbourg Waverly. Ici Édimbourg Waverly », et je sus que j'étais en Écosse. Je me levai d'un bond de ma couchette, enfilai mon imperméable par-dessus ma chemise de nuit, et m'assis sur le couvercle du lavabo pour regarder disparaître les lumières d'Édimbourg en attendant la traversée du pont. Le train, avec un bruit soudain très différent, s'élança au-dessus de l'estuaire. Tout en bas, dans les eaux sombres du fleuve se reflétaient les lumières mouvantes du convoi.

Je me recouchai et somnolai jusqu'à Relkirk. Là, je me levai à nouveau et ouvris la fenêtre. L'air vif, gorgé du parfum de la tourbe et des pins, s'engouffra dans le compartiment. Nous étions en bordure des Highlands. Il était seulement cinq heures moins le quart mais je m'habillai et passai la dernière partie du voyage la joue collée contre la vitre noire, fouettée par la pluie. Au début, je ne distinguais presque rien, mais une fois passé le défilé et entamée la longue descente en pente douce qui menait à Thrumbo, le jour commença à se lever. Le soleil n'avait pas encore surgi, mais la nuit pâlissait imperceptiblement. Les nuages étaient épais, gris et moelleux, accrochés aux crêtes des collines. Dès qu'ils amorçaient une descente vers la vallée, ils s'amenuisaient et s'effilochaient. La large courbe du vallon s'étirait devant nous, brune, dorée, paisible dans la faible clarté du petit matin.

On frappa à ma porte et le contrôleur annonça :

— Le monsieur désire savoir si vous êtes réveillée. Nous arrivons à Thrumbo dans une dizaine de minutes. Voulez-vous que je prenne vos bagages ?

Je lui confiai ma valise, refermai la porte derrière lui, et repris mon poste d'observation. Maintenant le paysage commençait à m'être familier et je ne voulais rien manquer. Je m'étais promenée sur cette route, j'avais monté un poney des Highlands dans ce pré, pris le thé dans ce cottage blanc. Puis vinrent le pont qui marquait les limites du village, le poste à essence, l'hôtel raffiné fréquenté par une clientèle âgée, où l'on refusait de vous servir simplement une consommation.

La porte du compartiment s'ouvrit de nouveau, mais cette fois, c'était David Stewart.

— Bonjour.

— Bonjour.

— Vous avez bien dormi ?

— Très bien.

Le train ralentit, freina, dépassa le poste d'aiguillage, passa sous le pont. Je descendis de mon perchoir et suivis David dans le couloir. Par-dessus son épaule, j'aperçus la pancarte annonçant triomphalement Thrumbo, et enfin le train s'immobilisa. Nous étions arrivés.

David avait laissé sa voiture dans un garage. Il m'abandonna à la gare le temps d'aller la chercher. Assise sur ma valise, face au village désert qui s'éveillait lentement, je regardais les lumières s'allumer les unes après les autres, les cheminées fumer. Un homme descendit la rue à bicyclette. Très haut, dans le ciel, j'entendis criailler, mais sans pouvoir distinguer les formations d'oies sauvages qui volaient au-dessus des nuages.

Elvie Loch se trouvait à environ trois kilomètres du bourg de Thrumbo. C'était une vaste étendue d'eau qui s'incurvait au nord près de la grande route conduisant à Inverness. En face, sur la rive opposée, les imposantes Cairngorms[1] fermaient l'horizon. Elvie, elle-même, était presque une île. Une île, en forme de champignon, reliée à la terre ferme par une étroite langue de terre, une simple digue entre des marécages remplis de roseaux, refuge de nombreux oiseaux.

Pendant des années le domaine avait appartenu à

1. Les Cairngorms sont un groupe de montagnes qui font partie de la chaîne des Grampians, au centre des Highlands, dans le nord de l'Écosse. On y fait du ski, de l'escalade et de la randonnée. (*N.d.T.*)

l'église. Les vestiges d'une chapelle en témoignaient. Elle était vide et sans toit, mais le petit cimetière qui la jouxtait était encore entretenu avec soin : les ifs taillés, la pelouse tondue, lisse comme du velours, étaient égayés, au printemps, par des jonquilles sauvages.

La maison où habitait ma grand-mère avait été jadis la demeure du pasteur. Au cours des années, toutefois, ses modestes proportions s'étaient modifiées. On avait ajouté des ailes et des chambres supplémentaires, sans doute dans le but d'accueillir les familles nombreuses de l'époque victorienne. Derrière, en arrivant par la route, elle ressemblait à une haute bastide inaccessible. Les rigueurs de l'hiver étaient telles que les fenêtres exposées au nord étaient rares et étroites. La porte d'entrée était discrète et habituellement fermée. Cet aspect austère de forteresse était renforcé par les deux hauts murs du jardin, qui, comme des bras, enserraient la maison tant à l'ouest qu'à l'est, et sur lesquels même ma grand-mère n'avait pu réussir à faire pousser des plantes grimpantes.

Mais, de l'autre côté, l'aspect d'Elvie était bien différent. La vieille maison toute blanche, protégée par ses grands murs, exposée au sud, somnolait, aveuglée par le soleil. Les portes et les fenêtres s'ouvraient largement sur le parc. Celui-ci descendait doucement vers un profond saut-de-loup qui le séparait d'un champ étroit où un voisin laissait paître son bétail. Le champ plongeait vers la rive, et le clapotis léger des vagues sur les galets et le beuglement des bêtes faisaient, désormais, partie de l'ambiance sonore d'Elvie. Si bien qu'au bout d'un certain temps on finissait par ne même plus les entendre. Il fallait s'être éloigné longtemps d'Elvie pour les remarquer de nouveau.

La voiture de David Stewart me surprit : c'était une Triumph TR4 bleu foncé, très sportive pour un homme d'apparence si austère. Une fois nos bagages chargés à l'intérieur, David sortit de Thrumbo et je me calai sur mon siège, animée par une excitation fébrile. Des repères familiers surgirent puis disparurent. Le garage, la confiserie, la ferme Mc Gregor. Puis ce fut la campagne. La route serpentait à travers les champs de chaume doré ; les haies étaient piquetées du rouge des roses sauvages, et déjà un peu de givre les recouvrait ; les arbres commençaient à se parer des teintes ocre et rouges de l'automne.

Enfin, après un dernier virage, le lac s'étira sur notre droite, dans la grisaille matinale. En face, sur l'autre rive, les montagnes se perdaient dans les nuages. Nous parcourûmes encore sept ou huit cents mètres et Elvie apparut : la maison cachée derrière les arbres, puis la chapelle sans toit, abandonnée, avec son air si romantique. L'émotion me laissait sans voix. Avec une rare sensibilité, David s'abstint de tout commentaire. Nous avions pourtant parcouru un long chemin ensemble, si long qu'il était presque inconcevable que notre arrivée s'effectue dans un tel silence. La voiture bifurqua au niveau du cottage qui bordait la route, descendit entre les hautes haies, s'engagea sur la digue entre les marécages, et remonta sous les hêtres rouges pour s'arrêter devant l'entrée.

Je bondis de la voiture et m'élançai sur le gravier. Ma grand-mère, qui m'avait devancée, ouvrit la porte et apparut devant moi. Je me jetai dans ses bras. Elle répétait mon nom, encore et encore. Je sentis sur elle le parfum des sachets odorants qu'elle mettait dans les armoires à linge, et je me dis que rien n'avait changé.

5

Que d'émotions après tant d'années ! Nous disions des banalités, des incohérences, telles que : « Oh, tu es vraiment là... » ou « Je pensais ne jamais y arriver... », « Tu as fait un bon voyage ? », « Rien n'a changé », et nous restions enlacées, et nous nous embrassions, et nous riions de nos questions stupides.

Les chiens vinrent ajouter à la confusion. Ils bondirent hors de la maison et se mirent à aboyer joyeusement autour de nous pour attirer notre attention. C'étaient des épagneuls roux et blanc, que je ne connaissais pas mais qui m'étaient pourtant familiers, car il y avait toujours eu des épagneuls à la robe roux et blanc à Elvie, et ceux-là descendaient sans aucun doute de ceux que j'avais connus. À peine avais-je commencé à les caresser pour faire connaissance, que Mrs. Lumley nous rejoignit, alertée par le vacarme et incapable de résister à la tentation de participer aux effusions de bienvenue. Elle était toujours aussi corpulente dans son éternelle blouse verte. Un large sourire aux lèvres, elle m'embrassa, constata que j'avais terriblement grandi et que j'avais encore plus de taches de rousseur qu'auparavant, puis m'annonça qu'elle était en train de me préparer un copieux petit déjeuner.

Derrière moi, David déchargeait en silence la valise de sa voiture. Ma grand-mère avança pour l'accueillir. À ma grande surprise elle l'embrassa en disant :

— David, vous devez être épuisé ! Merci de me l'avoir ramenée saine et sauve.

— Vous avez reçu mon télégramme, apparemment.

— Bien sûr. Je suis levée depuis sept heures du matin. Entrez et venez prendre le petit déjeuner avec nous. Nous vous attendions.

Mais David s'excusa. Sa femme de ménage l'attendait à la maison et de plus il fallait qu'il se change avant d'aller au bureau.

— Dans ce cas, venez dîner ce soir. J'insiste ! Venez vers sept heures et demie. Je tiens à ce que vous me racontiez tout en détail.

David se laissa convaincre. Nos regards se croisèrent, et nous échangeâmes un sourire. Je pris conscience, avec une certaine surprise, que nous nous connaissions seulement depuis quatre jours, et pourtant, au moment de nous séparer, j'avais l'impression d'avoir affaire à un ami de toujours. Chargé d'une mission délicate, David s'en était acquitté avec tact et bonne humeur.

— Oh, David, je...

— Nous nous reverrons, Jane, dit-il pour couper court à mes remerciements maladroits.

Il remonta dans sa voiture et démarra sans attendre. Nous le suivîmes des yeux, jusqu'à ce qu'il disparaisse, tout au bout de la longue allée de hêtres.

— Un garçon délicieux, dit ma grand-mère d'un air songeur. Tu ne trouves pas ?

— Si... Charmant.

Et je me baissai pour empêcher Mrs. Lumley de prendre ma valise.

Je la portai moi-même dans la maison, suivie par ma grand-mère et la meute de chiens. La porte se referma derrière nous et David Stewart fut momentanément oublié.

La fumée des mottes de tourbe qui brûlaient dans la cheminée du hall m'assaillit, ainsi que le parfum qu'exhalaient les roses dans le grand vase posé sur la commode, près de l'horloge. L'un des chiens tirait la langue et remuait la queue en me regardant pour attirer mon attention ; je m'arrêtai pour lui gratter les oreilles. J'allais lui parler de Rusty lorsque ma grand-mère dit :

— Jane, j'ai une surprise pour toi. Je me redressai et vis un homme qui descendait l'escalier à ma rencontre. Sa silhouette se découpait dans la lumière de la fenêtre et, pendant un instant, cette lumière m'éblouit. L'homme s'écria :

— Bonjour, Jane !

Et je réalisai qu'il s'agissait de mon cousin Sinclair.

Ravies du succès que venait d'obtenir leur surprise, ma grand-mère et Mrs. Lumley observaient mon air ébahi en souriant. Sinclair s'avança, me prit par les épaules et m'embrassa avant même que je n'aie le temps de réagir et je ne pus que murmurer :

— Je te croyais à Londres.

— Eh bien non, je suis ici.

— Mais... comment se fait-il ?... Pourquoi... ?

— J'ai pris quelques jours de congé.

Pour moi ? Était-il possible que Sinclair ait pris des vacances pour m'accueillir à Elvie ? L'hypothèse était à la fois flatteuse et émouvante, mais avant que je ne puisse en dire davantage, ma grand-mère prit les choses en main.

— Bon, ce n'est pas la peine de rester là... Sinclair, peut-être pourrais-tu monter la valise de Jane dans sa chambre ? Ensuite, quand tu te seras un peu rafraîchie, ma chérie, tu descendras et nous prendrons le petit déjeuner. Tu dois être éreintée après ce voyage.

— Non, je ne suis pas fatiguée.

Et le fait était que je n'éprouvais aucune fatigue. Au contraire, je me sentais fraîche et dispose, pleine d'énergie et disponible. Sinclair prit ma valise et monta les marches deux à deux. Je le suivis comme si j'avais des ailes.

Ma chambre, qui donnait sur le jardin et sur le

loch, était d'une propreté immaculée. Rien n'avait changé. Même le lit blanc, en bois peint, était poussé dans l'encoignure de la fenêtre, là où j'aimais dormir. Sur la coiffeuse, il y avait une pelote d'épingles, des sachets de lavande dans l'armoire, et la même descente-de-lit bleue qui cachait un endroit élimé du tapis de sol.

J'accrochai mon imperméable et me lavai les mains. Sinclair vint s'asseoir sur le lit. Le dessus-de-lit blanc amidonné crissa tristement sous son poids. Il m'observait. En sept ans, il avait changé, bien sûr. Cependant, ses traits s'étaient altérés de manière très peu sensible : il était plus mince et quelques rides s'étaient formées aux coins des yeux et de la bouche, sans plus. Il était très beau. Ses sourcils et ses cils noirs rehaussaient le bleu sombre de ses yeux en amande. Son nez était droit, sa bouche bien dessinée et charnue, avec une lèvre inférieure légèrement boudeuse comme lorsqu'il était enfant. Ses cheveux épais et raides couvraient sa nuque. Habituée aux coiffures en vogue à Reef Point — presque rasées façon « marines » des surfeurs ou bien extra-longues à la manière hippie —, je trouvais celle de Sinclair très seyante. Il portait une chemise bleue avec un foulard noué autour du cou et un pantalon en toile beige délavée, tenu à la taille par une ceinture en laine tressée.

— Tu es vraiment en congé ? demandai-je, voulant avoir confirmation de ce que je n'osais espérer.

— Mais oui ! répondit-il, sans commentaires.

À l'évidence, je devais me contenter de cette réponse lapidaire.

— Tu travailles dans une agence de publicité, paraît-il ?

— Oui. Chez Strutt et Steward. Je suis adjoint du directeur.

— Est-ce une bonne situation ?

— Oui ! J'ai même droit à des notes de frais.

— En d'autres termes, une partie de ton activité consiste à faire d'ennuyeux déjeuners d'affaires bien arrosés avec des clients potentiels. N'est-ce pas ?

— Ils ne sont pas obligatoirement ennuyeux. Si c'est une cliente et qu'elle est jolie, ça peut être un dîner des plus agréables.

Je ressentis un petit pincement de jalousie, que je m'empressai de tuer dans l'œuf. J'étais assise devant la coiffeuse, en train de me peigner, et Sinclair, sans modifier son expression, remarqua :

— J'avais oublié combien tes cheveux étaient longs. Tu portais des tresses autrefois. On dirait de la soie.

— Régulièrement je me fais la promesse de les couper, mais je n'arrive jamais à me décider.

Je posai le peigne et allai m'agenouiller sur le lit devant la fenêtre ouverte, à côté de Sinclair.

— Comme ça sent bon ! dis-je en me penchant dehors. Ça sent l'automne...

— Ça ne sent pas l'automne, en Californie ?

— La plupart du temps ça empeste les vapeurs d'essence. Sauf à Reef Point, où les eucalyptus et l'océan embaument l'air.

— Comment vit-on, chez les Peaux-Rouges ?

Je lui jetai un regard furieux, le mettant au défi de lancer l'offensive. Il battit aussitôt en retraite.

— Je t'avouerai franchement, Jane, que je craignais de te voir revenir la poitrine bardée d'appareils photo, mâchant du chewing-gum, et lançant des : « Hey, mec ! » en guise de discours.

— Tu retardes, mon frère.

— Je t'imaginais aussi défilant avec des pancartes pacifistes, renchérit Sinclair en prenant un faux accent américain.

— C'est une plaisanterie aussi puérile que celle que font les Californiens lorsqu'ils se moquent de mon terrrrible accent british, lui dis-je. En tout état de cause, s'il m'arrive de manifester, tu en seras le premier averti.

Sinclair esquissa un sourire crispé et changea de sujet.

— Comment va ton père ?

— Il s'est laissé pousser la barbe et ressemble étrangement à Hemingway.

— Je l'imagine très bien.

Un couple de canards sauvages piqua dans l'eau, en laissant, derrière lui, un léger sillage blanc. Je les observai pendant un moment, puis Sinclair bâilla en s'étirant. Il me donna une petite tape fraternelle, et déclara qu'il était temps de descendre déjeuner. Je refermai la fenêtre et le suivis.

Je découvris que j'avais une faim de loup. Il y avait des œufs, du bacon, de la marmelade et des petits pains chauds parfumés qu'on appelait ici *baps*. Pendant que je dévorais, ma grand-mère et Sinclair parlaient à bâtons rompus : l'un commentant les nouvelles du journal local, les résultats d'une exposition florale, l'autre une lettre écrite par un cousin plus âgé parti s'installer dans un endroit appelé Moltar.

— Je me demande ce qu'il est allé faire là-bas, dit Sinclair.

— La vie y est moins chère et le climat plus doux. Le pauvre a toujours horriblement souffert de rhumatismes.

— Et comment compte-t-il passer ses journées ? À promener les touristes en barque autour de Grand Harbour ?

Je compris seulement, alors, qu'ils parlaient de Malte. Moltar, Malte. L'accent américain avait déteint sur moi plus que je ne le pensais.

En observant ma grand-mère servir le café, je calculai qu'elle devait avoir maintenant près de soixante-dix ans. Pourtant elle était telle que je l'avais laissée. Grande, belle, digne, avec ses cheveux blancs immaculés, ses yeux bleus profondément enfoncés dans leurs orbites et ses sourcils finement dessinés. Leur courbe était gracieuse et juvénile. Ils pouvaient exprimer à la fois la gaieté, comme en ce moment, mais aussi, par un simple froncement accompagné d'un regard froid, la plus terrible désapprobation. Ses vêtements échappaient à l'usure du temps, eux aussi. Ils semblaient toujours à la mode. Des jupes en tweed couleur bruyère, des pulls ou des cardigans en cachemire. Dans la journée, elle portait un collier de perles et des boucles d'oreilles en corail, en forme de larmes. Le soir, un modeste diamant étincelait sur une robe de velours noire. Elle était d'une génération qui se changeait tous les soirs pour dîner, même le dimanche, et même si le menu se composait de modestes œufs brouillés.

En la voyant campée sur sa chaise, au bout de la table, je songeai qu'elle avait eu sa part de drames. Après son mari, elle avait perdu sa fille et maintenant son fils, l'insaisissable Aylwyn, qui avait choisi de vivre et de mourir au Canada. Il ne lui restait plus que Sinclair et moi-même. Et, bien sûr, Elvie. Malgré ses deuils elle gardait le front haut, et toute sa dignité. Je lui étais reconnaissante de ne pas être devenue une de ces vieilles dames éplorées qui ressassent le passé. De toute manière, cela ne pouvait arriver, elle était bien trop curieuse de la vie, trop active, trop intelligente. Elle était, en fait, indestructible. Oui, c'était bien le mot. Indestructible !

Après le petit déjeuner, Sinclair m'accompagna pour la promenade rituelle autour de l'île. Nous fîmes le tour intégral : en passant par le petit cimetière, avec les vieilles pierres tombales, la chapelle délabrée, puis le pré, avec les bêtes qui nous dévisageaient d'un œil curieux, de l'autre côté du muret, et enfin le lac. Notre présence dérangea un couple de canards sauvages. Nous fîmes un concours de ricochets à la surface de l'eau. Ce fut Sinclair qui gagna. Nous allâmes au bout de la jetée pour regarder la vieille barque qui prenait l'eau, et qu'il était si difficile de manœuvrer. Nos pas résonnaient sur les planches affaissées.

— Un de ces jours, ce ponton va s'écrouler, remarquai-je.

— À quoi bon le réparer si on ne l'utilise jamais ? dit Sinclair.

Notre promenade nous mena ensuite sous le large hêtre qui abritait encore notre vieille cabane, puis à travers le petit bois de bouleaux, où les feuilles tombaient en silence. Nous prîmes le chemin du retour, en passant par un petit groupe de dépendances abandonnées : porcheries, poulaillers, étables, hangar à charrettes transformé depuis longtemps en garage.

— Viens voir ma voiture, proposa Sinclair.

Il fallut batailler contre les vieilles serrures et la lourde porte s'ouvrit en grinçant et en dévoilant, à côté de l'imposante Daimler appartenant à ma grand-mère, une Lotus Élan jaune à capote noire.

— Depuis quand possèdes-tu cet engin de mort ?

— Environ depuis six mois, répondit Sinclair en s'asseyant au volant.

Il mit le contact et le moteur rugit comme un tigre en colère. Sinclair sortit en marche arrière. Comme un enfant, il me montra tous les gadgets de la voiture : l'ouverture automatique des vitres et du toit, l'alarme antivol, les protège-phares qui s'ouvraient et se fermaient comme de monstrueuses paupières.

— Ça roule à quelle vitesse ? demandai-je.

— Elle fait du deux cent vingt kilomètres à l'heure.

— Sûrement pas avec moi dans la voiture !

— Attends au moins que je t'y aie invitée, petite froussarde.

— De toute manière, on ne peut pas rouler à plus de quatre-vingt-dix sur ces routes sans aller dans le fossé... Tu ne la rentres pas dans le garage ?

— Non, répondit Sinclair en regardant sa montre. J'ai rendez-vous pour un tir aux pigeons.

Pas de doute, j'étais vraiment rentrée au pays. En Écosse, les hommes vont toujours tirer sur quelque chose, sans se soucier des projets qu'ont pu faire leurs femmes ou leurs compagnes.

— À quelle heure seras-tu de retour ?

— Pour le thé, je pense. Si tu veux, après, je t'emmènerai rendre visite aux Gibson. Je sais qu'ils t'attendent avec impatience.

— D'accord.

De retour à la maison, Sinclair monta se changer, tandis que je commençai à défaire ma valise.

L'air frais qui régnait dans la pièce me fit frissonner, et je m'aperçus que le soleil californien et le chauffage central commençaient déjà à me manquer. Elvie était dotée de murs épais et orientée au sud. Des feux brûlaient en permanence dans les cheminées, cependant, la température des chambres restait fraîche. Je disposai mes affaires dans les tiroirs vides et parvins très vite au constat que mes vêtements « lavable machine », « séchage rapide », « tissu infroissable », n'étaient pas assez chauds. Pour l'Écosse, quelques lainages chauds me seraient indispensables. Peut-être ma grand-mère m'aiderait-elle à en choisir quelques-uns.

Ce projet en tête, je descendis la rejoindre. Elle sortait de la cuisine, équipée de bottes en caoutchouc, d'un vieil imperméable et d'un panier.

— Justement, j'allais te chercher, dit-elle. Où est Sinclair ?

— Il est parti au tir aux pigeons.

— Ah oui, c'est vrai ! Il a prévenu qu'il serait absent pour le déjeuner. Tu viens m'aider à cueillir des choux de Bruxelles ?

Je dénichai de vieilles bottes et un vieux manteau et sortis avec ma grand-mère dans le matin paisible, mais cette fois du côté du jardin clos, où Will, le jardinier, travaillait déjà. À notre arrivée, il cessa de bêcher, releva la tête, et marcha prudemment sur la terre qu'il venait de retourner pour venir à notre rencontre et m'offrir une poignée de main terreuse.

— Eh ben ! Ça fait un bout de temps qu'on vous a pas vue à Elvie, marmonna Will. (Il avait une élocution peu intelligible car il s'entêtait à ne porter son dentier que le dimanche.) Comment est la vie, en Amérique ? Et comment se porte votre père ?

Je lui donnai quelques détails, des nouvelles de mon père et m'inquiétai de la santé délicate de sa femme. Puis il retourna bêcher, tandis que ma grand-mère et moi ramassions les choux de Bruxelles.

Une fois le panier rempli, nous retournâmes vers la maison, mais ma grand-mère déclara que le temps était trop agréable pour rentrer tout de suite, et nous allâmes nous asseoir sur le banc en fer, peint en blanc. De là, on pouvait admirer le jardin, le lac et les montagnes. Le parterre abondait en dahlias, zinnias et marguerites, et la pelouse était parsemée de feuilles pourpres envolées d'un érable canadien.

— J'ai toujours aimé l'automne, dit ma grand-mère. Certaines personnes trouvent que c'est une saison triste... Pour moi, la nature est trop belle pour être triste.

Je lui répondis en citant le vers d'un poème :

— « Septembre est venu, et sa vitalité exaltera l'automne. »

— De qui est-ce ?

— Louis MacNeice. Te sens-tu exaltée par la vitalité de l'automne ?

— J'ai l'impression d'avoir vingt ans de moins ! s'exclama-t-elle en riant et en prenant ma main. Oh, Jane, quel bonheur de t'avoir ici !

— J'aurais dû venir plus tôt. Tu me l'as si souvent demandé dans tes lettres ! Mais ce n'était vraiment pas possible.

— Bien sûr ! je m'en rends compte. C'était très égoïste de ma part d'insister comme je l'ai fait.

— Quant aux lettres que... tu as envoyées à papa, je n'étais pas au courant sinon j'aurais répondu.

— Ton père a toujours été un homme obstiné, dit-elle en me jetant un regard de côté. Il ne voulait pas que tu viennes, n'est-ce pas ?

— J'ai pris ma décision et il s'est incliné. Et puis comme David Stewart était là, il pouvait difficilement s'y opposer.

— Je craignais que tu ne sois pas capable de le laisser seul.

— Il n'est pas seul, dis-je en me penchant pour ramasser une feuille d'érable. Une amie est auprès de lui.

Nouveau regard de côté de ma grand-mère.

— Une amie ?

C'était une femme de principes, mais pas prude. Je n'avais donc aucune raison de lui cacher la vérité.

— Elle se nomme Linda Lansing. C'est une actrice. C'est sa petite amie « régulière ».

— Je vois, dit ma grand-mère après un temps de réflexion.

— Non, je ne crois pas que tu voies. Mais c'est une femme sympathique. Je l'aime bien et elle s'occupera de lui au moins jusqu'à mon retour.

— Je n'arrive pas à comprendre pourquoi Rufus ne s'est jamais remarié.

— Peut-être parce qu'il ne reste jamais assez longtemps dans un endroit pour que les bans puissent être publiés !

— Mais enfin, c'est très égoïste ! Il ne t'a laissé aucune chance de t'échapper un peu pour venir nous voir, ni même pour t'occuper de ta propre carrière.

— Je n'ai jamais pensé à une carrière, tu sais !

— Peut-être mais, de nos jours, une jeune femme doit pouvoir gagner sa vie toute seule.

Je lui expliquai que j'étais très heureuse de vivre aux dépens de mon père. Ma grand-mère me fit remarquer que j'étais aussi entêtée que lui, et me demanda s'il n'y avait vraiment aucun métier qui m'attirait.

J'eus beau réfléchir, la seule chose qui me faisait vraiment rêver, quand j'avais huit ans, c'était de m'engager dans un cirque pour dresser des chameaux. Mais je n'étais pas certaine que ça fasse très plaisir à ma grand-mère, aussi je répondis :

— Non aucun.

— Oh, ma pauvre Jane !

Je me dressai pour prendre la défense de mon père.

— Pourquoi pauvre Jane ? Je ne suis pas à plaindre. Je n'ai jamais manqué de rien. Il n'y a qu'Elvie qui m'a manqué, ajoutai-je d'une voix adoucie. Et toi aussi, bien sûr.

Ma grand-mère ne fit aucun commentaire. Je me penchai pour ramasser une autre feuille d'érable et poursuivis, d'un ton grave :

— David Stewart m'a appris la nouvelle pour oncle Aylwyn. Je n'en ai pas parlé avec Sinclair mais... je suis sincèrement peinée... Mourir comme ça... si loin de tout !

— Oui, acquiesça ma grand-mère d'une voix neutre. C'est ce qu'il a choisi... vivre au Canada et... y mourir. Vois-tu, Elvie n'a jamais beaucoup compté pour Aylwyn. C'était un être insatisfait, passionné. Elvie ne répondait en rien à ses attentes.

— C'est bien étrange qu'un homme puisse s'ennuyer en Écosse ! C'est un pays qui convient tellement au genre masculin !

— Oui, c'est juste, mais Aylwyn n'aimait ni la chasse, ni la pêche. En revanche il adorait les chevaux et les courses. C'était un merveilleux expert.

Je m'aperçus avec surprise que nous parlions d'oncle Aylwyn pour la première fois. Le sujet, pourtant, n'était en rien tabou, et je pris soudain conscience à quel point j'avais manqué de curiosité, voire d'intérêt pour cet oncle lointain. J'ignorais jusqu'à sa physionomie, d'autant que ma grand-mère, à l'inverse de la plupart des femmes de sa génération, n'avait aucun penchant pour les photos de famille. Celles qui existaient étaient soigneusement rangées dans des albums, et aucun cadre en argent n'ornait les dessus de cheminée ni le piano à queue.

— Quel genre d'homme était oncle Aylwyn ?

— Quel genre ? Il était comme Sinclair aujourd'hui. C'était un homme très séduisant. Quand il entrait dans une pièce, toutes les femmes se retournaient, lui souriaient et minaudaient. C'était très drôle à observer.

J'étais sur le point de la questionner sur Silvia, mais ma grand-mère regarda sa montre et se rappela ses devoirs de maîtresse de maison.

— Il est temps que j'aille donner ces choux de Bruxelles à Mrs. Lumley, sinon elle n'aura jamais le temps de les faire cuire pour le déjeuner. Merci de m'avoir aidée, ma chérie. Je suis ravie de notre petite conversation.

Sinclair, fidèle à sa parole, rentra à temps pour le thé. Ensuite, j'enfilai un manteau, appelai les chiens, et nous partîmes rendre visite aux Gibson.

Ils habitaient dans un petit cottage de garde-chasse, niché dans un pli de la colline au nord d'Elvie, ce qui nous obligeait à quitter l'île et à traverser la route, pour suivre le sentier bordé de bruyère qui épousait le cours sinueux d'une petite rivière, laquelle passait sous la route avant d'aller se jeter dans Elvie Loch. Cette petite rivière prenait sa source très haut dans la montagne. Le vallon qu'elle dévalait ainsi que les collines alentour faisaient partie du domaine de ma grand-mère. Autrefois, des chasses s'y déroulaient. Les enfants des écoles servaient de rabatteurs et des poneys des Highlands montaient les messieurs âgés jusqu'à leurs buttes de tir. Désormais, la lande était confiée à une société de chasse composée d'hommes d'affaires de la région, qui se plaisaient à arpenter le domaine durant le mois d'août, se contentant d'y pique-niquer avec leurs familles et de pêcher dans le torrent.

Notre arrivée au cottage déclencha un concert d'aboiements. Alertée par le vacarme, Mrs. Gibson apparut sur le seuil de sa porte. Sinclair agita la main en criant : « Hou, hou ! » Mrs. Gibson répondit à son geste et rentra précipitamment dans la maison.

— Penses-tu qu'elle soit allée mettre l'eau du thé à chauffer ?

— Ou demander à Gibson de mettre son dentier, ironisa Sinclair.

— Ce n'est pas gentil.

— Non, mais vraisemblable.

Une vieille Land Rover était garée sur le côté de la maison ; une demi-douzaine de poules blanches leghorn picoraient autour des roues ; du linge séchait au vent sur une corde. Mrs. Gibson revint sur le seuil pour nous accueillir. Elle avait retiré son tablier et portait un chemisier. Une broche en camée fermait le col. Un large sourire éclairait son visage.

— Oh, miss Jane ! Je vous aurais reconnue entre mille. J'en parlais avec Will et il disait que vous n'aviez pas changé du tout. Et Mr. Sinclair... Je ne savais pas que vous étiez monté.

— J'ai pris quelques jours de congé.

— Entrez donc. Gibson est en train de prendre son thé.

— J'espère que nous n'arrivons pas au mauvais moment.

Sinclair s'écarta pour me laisser passer. Je dus baisser la tête tant la porte était basse, et entrai dans la cuisine, où un feu rougeoyait dans l'âtre. Gibson se leva. La table était chargée de brioches, de gâteaux, de beurre, de confiture, de thé, de lait et de miel. Il se dégageait aussi une forte odeur de haddock.

— Je suis désolée, Gibson, nous vous dérangeons...

— Pas du tout, pas du tout, dit-il en me tendant la main, qu'il avait sèche et rugueuse comme une écorce.

Sans son inévitable chapeau en tweed, il était presque méconnaissable et aussi vulnérable qu'un policier sans son képi. Son crâne dégarni n'était plus protégé que par quelques touffes de cheveux blancs. Je m'aperçus que, de toutes les personnes que j'aimais à Elvie, c'était lui que l'âge avait marqué le plus. Ses yeux étaient pâles et bordés de blanc. Il était plus mince, plus courbé, et le timbre de sa voix avait perdu en gravité.

— On a appris que vous étiez de retour à la maison. Ah ! vous aussi Sinclair, ajouta-t-il en voyant mon cousin entrer derrière nous dans la petite pièce.

— Bonsoir, Gibson.

Pendant ce temps, Mrs. Gibson s'affairait pour nous installer.

— Gibson vient juste de commencer à prendre son thé. Asseyez-vous un instant. Vous ne nous dérangez pas, pensez donc ! Jane, prenez place, près du feu. Il y fait bien chaud.

Je m'installai donc près de la cheminée.

— Vous prendrez bien une tasse de thé ?

— Oui, avec plaisir.

— Et aussi un petit quelque chose à grignoter.

En allant à la souillarde, Mrs. Gibson posa une main sur l'épaule de son mari et lui dit :

— Assieds-toi donc et finis ton haddock. Jane t'en voudra pas...

— Mais non, je vous en prie, finissez de manger, dis-je pour le mettre à l'aise.

Mais Gibson déclara qu'il avait terminé et Mrs. Gibson fit disparaître son assiette comme un objet indécent. Puis elle alla remplir la bouilloire. Sinclair prit une chaise et s'assit en face de Gibson, devant le plateau à biscuits en métal argenté. Il sortit son paquet de cigarettes, en offrit une au garde-chasse avant de se servir, et se pencha pour la lui allumer.

— Comment va la santé ? s'enquit Sinclair.

— Oh, pas si mal... pas si mal. On a eu un bel été bien sec. Vous avez tiré le pigeon, aujourd'hui, à ce qu'on dit. Comment ça s'est passé ?

Ils discutèrent, et en les regardant parler tous les deux, le jeune homme plein de vitalité et le vieil homme las, il était difficile d'imaginer que Gibson avait autrefois été la seule personne pour qui le jeune Sinclair ait éprouvé un véritable respect.

Mrs. Gibson revint avec deux tasses propres — de son plus joli service — et les disposa sur la table. Elle servit le thé, nous offrit des brioches, des pâtisseries à la crème et des sablés, que nous refusâmes avec délicatesse. Puis elle prit place près de la cheminée et j'entamai avec elle une conversation à bâtons rompus. Je dus donner une fois encore des nouvelles de mon père, et je lui demandai des nouvelles de ses fils. J'appris ainsi que Hamish était soldat et que George étudiait le droit à l'université d'Aberdeen.

Cela m'impressionna beaucoup.

— C'est formidable ! Je ne savais pas qu'il était si doué pour les études !

— George a toujours été un garçon courageux... et très intéressé par les livres.

— Ainsi, ni Hamish ni George ne suivront les traces de leur père.

— Oh, c'est bien différent, de nos jours, pour les jeunes gens. Ils ne veulent pas passer leur vie dans les collines par tous les temps... C'est trop calme pour eux. Notez que je ne les blâme pas. Ce n'est pas une vie, pour un garçon. On a réussi à les élever correctement, mais y a pas beaucoup d'argent à gagner par ici aujourd'hui. Alors qu'en ville, en travaillant en usine ou dans un bureau, ils peuvent espérer mieux vivre.

— Gibson n'a pas de regrets ?

— Non, répondit Mrs. Gibson en jetant un regard tendre vers son mari, qui était bien trop occupé à bavarder avec Sinclair pour la remarquer. Non, sa seule préoccupation était que ses enfants puissent avoir une bonne instruction afin de pouvoir faire le métier qui leur plairait.

— Vous avez des photos de vos fils ? J'aimerais voir combien ils ont changé.

Mrs. Gibson n'était que trop ravie de ma demande.

— Elles sont dans ma chambre, je vais vous les chercher.

Elle s'esquiva, je l'entendis monter le petit escalier, puis traverser la pièce au-dessus de nos têtes. Derrière moi, Gibson disait à Sinclair :

— Vous savez, les vieilles buttes sont encore en état. Dans le temps, on construisait pour durer. Elles sont juste un peu envahies par les herbes.

— Et les oiseaux ?

— Ça manque pas. J'ai aussi découvert deux renardes avec leurs petiots.

— Et les vaches ?

— Je les tiens à l'écart. Et la bruyère est impeccable. Elle a bien brûlé au début de la saison.

— Ça ne vous fait pas trop de travail, tout ça ?

— Bah, je suis encore costaud.

— Ma grand-mère m'a dit que vous aviez dû rester alité une semaine ou deux, pendant l'hiver.

— C'était juste un rhume. Le docteur m'a donné un bon remontant et ça a suffi... Faut pas écouter ce que disent les femmes.

Mrs. Gibson, qui revenait avec les photographies, attrapa ses paroles au vol.

— Qu'est-ce que tu dis à propos des femmes ?

— Vous n'êtes qu'une bande de vieilles poules, répondit son mari. Vous caquetez et vous faites des histoires pour un petit rhume.

— Pas si petit que ça... Il a quand même fallu que je le garde au lit un bout de temps, ajouta-t-elle à l'adresse de Sinclair.

Elle me tendit les photos de ses enfants et s'anima en évoquant les soucis de santé de Gibson.

— D'ailleurs, je suis pas sûre que c'était un simple rhume. Je voulais qu'il aille passer une radio, mais il a rien voulu entendre.

— Vous devriez écouter votre femme, Gibson, dit Sinclair.

— Bah ! j'ai pas de temps à perdre. Aller à Inverness pour ces bêtises...

Visiblement agacé de parler de sa santé et désireux de changer de sujet, Gibson fit pivoter sa chaise vers moi afin de regarder les photos de ses fils par-dessus mon épaule. Hamish, un solide caporal en poste au Cameroun, et George, posant dans un studio de photographe.

— Geordie est à l'université, Mrs. Gibson vous l'a dit ? reprit Gibson. Il est en troisième année et il en sortira avocat. Vous vous rappelez quand il vous aidait à construire votre cabane dans l'arbre ?

— Elle existe toujours. Elle ne s'est même pas effondrée.

— Tout ce que faisait Geordie, il le faisait bien. C'est un sacré petit gars.

La conversation se poursuivit ainsi encore un moment, jusqu'à ce que Sinclair repousse sa chaise en déclarant qu'il était temps de partir. Les Gibson nous raccompagnèrent dans la cour et les chiens recommencèrent à aboyer. Alors, nous fîmes un détour par le chenil. Il y avait deux chiens de chasse, deux femelles, l'une à la robe noire et l'autre à la robe dorée. Elles avaient un poil doux et soyeux, un air affectueux et des yeux fendus en amande.

— Je trouve que celle-ci est particulièrement belle, lui dis-je en désignant la femelle à poils dorés.

— Oui, elle est très belle, c'est vrai ! sourit Gibson. C'est une brave bête. Elle est en chaleur, en ce moment, et je vais l'emmener à Braemar demain.

Là-bas je connais quelqu'un qui a un bon mâle. Je me dis qu'on pourrait peut-être avoir une portée.

— Vous y allez demain ? dit Sinclair d'un ton animé. À quelle heure ?

— Pas plus tard que neuf heures.

— Quelles sont les prévisions de la météo ? Quel temps va-t-il faire demain ?

— On devrait avoir un coup de vent cette nuit, qui chassera toute cette brume. La météo est bonne pour tout le week-end.

Sinclair se tourna alors vers moi, radieux, et demanda :

— Qu'en penses-tu ?

Mais comme je jouais avec les chiens, je n'avais pas prêté attention à leur conversation.

— Comment ? lui dis-je.

— Que dirais-tu d'aller à Braemar demain matin ? Gibson pourrait nous y emmener et nous reviendrions à pied par Lairig Ghru... Gibson, vous pourriez venir nous chercher à Rothiemurchus dans la soirée ?

— Sûr que je pourrais. À quelle heure ?

— Vers six heures, je pense, répondit Sinclair après réflexion. Tu es d'accord, Jane ?

Je n'avais jamais fait la randonnée de Lairig Ghru. Autrefois, chaque été, il y avait toujours quelqu'un à Elvie pour faire la balade, et j'en rêvais. Mais on ne m'emmenait jamais parce que, à l'époque, on trouvait que j'étais trop jeune et que j'avais de trop petites jambes. Mais les temps avaient bien changé.

Je contemplai le ciel. Loin de s'être dispersés, les nuages de la matinée commençaient, en cette fin d'après-midi, à donner une bruine très fine.

— Vous êtes certain qu'il va faire beau, Gibson ?

— Sûr et certain. Et très chaud.

L'opinion de Gibson me suffisait.

— Dans ce cas, je serai ravie de faire la balade.

— Alors c'est entendu, décréta Sinclair. Neuf heures à la maison, Gibson ?

— Je serai là, promit le garde-chasse.

Nous les remerciâmes pour le thé, puis nous reprîmes le chemin d'Elvie en passant par la colline. L'air était gorgé d'humidité et, sous les hêtres rouges, il faisait déjà très sombre. Tout à coup je ressentis une profonde mélancolie. J'avais tellement désiré que rien ne change ! J'aurais voulu qu'Elvie reste exactement la même que dans mon souvenir. Mais la vue de Gibson, si vieilli, m'avait contrariée. Il avait été malade. Un jour, il mourrait. La pensée de la mort, à cette heure lugubre, entre chien et loup, dans cette campagne humide, me fit frissonner.

— Tu as froid ? s'inquiéta Sinclair.

— Non, ça va. La journée a été longue.

— Tu es certaine de vouloir venir, demain ? C'est une longue marche, tu sais.

— Je suis très contente d'y aller. Il faudra demander à Mrs. Lumley de nous préparer un pique-nique.

En sortant du bois de hêtres, l'austère façade nord d'Elvie se dressa devant nous, découpée sur le ciel bas. Une unique lumière brillait à une fenêtre, jaune vif dans le crépuscule bleu. Je décidai de prendre un bain chaud avant le dîner. Le bain chaud chasserait l'angoisse et la tristesse qui m'étreignaient.

6

Je ne m'étais pas trompée. L'eau écossaise, douce comme de la soie, m'avait apaisée et assoupie. Comme il était encore tôt, je remplis d'eau chaude la bouillotte qui était dans la salle de bains et me mis au lit pendant une heure, sans tirer les rideaux, attentive aux inlassables criaillements des oies sauvages.

Ensuite, je décidai de célébrer dignement ma première soirée à la maison en faisant un effort de toilette. Je relevai mes cheveux et utilisai toutes sortes d'artifices pour rendre mes yeux plus pétillants. Puis je choisis la seule tenue un peu habillée que je possédais : une sorte de caftan en soie noir et or, orné de broderies et de passementeries, que mon père m'avait acheté dans une obscure boutique chinoise d'une rue reculée de San Francisco.

Ainsi, j'avais une allure presque royale. Je mis des boucles d'oreilles, me parfumai, et descendis au rez-de-chaussée. J'étais en avance, mais c'était prémédité. Pendant ma sieste tardive, j'avais conçu un petit plan qui nécessitait que je sois seule.

Le salon, préparé pour la soirée, offrait un spectacle plein de charme, semblable à celui que l'on pouvait attendre d'une scène de théâtre. Les lourds rideaux de velours rouge masquaient la nuit, on avait gonflé les coussins, redressé la pile de magazines, allumé le feu dans la cheminée. Deux lampes éclairaient délicatement la pièce, la lueur des flammes se reflétait dans le pare-feu en cuivre et effleurait d'une lumière subtile toutes les surfaces en bois ciré qui décoraient la pièce. Il y avait des fleurs partout, un coffret garni de cigarettes, et sur la petite table qui faisait office de bar étaient déposés des bouteilles et des verres, un seau à glace et un petit plateau de noisettes.

De l'autre côté du salon, près de la cheminée, se dressait un cabinet d'ébène, richement décoré, avec une partie vitrée en haut et trois profonds et lourds tiroirs en bas. Je me dirigeai vers le meuble, écartai une petite table, et m'agenouillai devant le tiroir inférieur. L'une des poignées était cassée et le tiroir, très lourd, offrait une certaine résistance. J'étais en train de batailler pour essayer de le tirer lorsque j'entendis la porte s'ouvrir et quelqu'un entrer derrière moi. Je vis mes projets tomber à l'eau et je pestai intérieurement. L'intrus ne me laissa même pas le temps de me relever, j'entendis une voix, juste au-dessus de moi :

— Bonsoir, Jane.

C'était David Stewart. Je jetai un coup d'œil par-dessus mon épaule et le vis juste derrière moi, très séduisant et romantique dans son smoking bleu foncé. J'étais trop surprise pour être polie.

— Oh, j'avais oublié que vous veniez dîner.

— Je suis en avance, on dirait ! Comme je ne voyais personne, je me suis permis d'entrer. Que faites-vous ? Vous avez perdu une boucle d'oreille ou vous jouez à cache-cache ?

— Ni l'un ni l'autre. J'essaie d'ouvrir ce tiroir.

— Pour quoi faire ?

— Autrefois on y rangeait les albums de photos. À en juger par son poids, ils y sont toujours.

— Laissez-moi essayer.

Je m'écartai docilement et l'observai plier ses longues jambes, saisir les poignées, et ouvrir le tiroir sans effort apparent.

— Ça paraît tellement simple, quand un autre le fait.

— Ce sont les albums que vous cherchiez ?

— Oui, ce sont bien eux.

Il y en avait trois, pleins à craquer.

— Si vous avez quelque nostalgie du passé, avec tout ce qu'il y a là, je pense qu'il vous sera facile de vous le remémorer et cela peut même occuper votre soirée entière.

— Non, ce n'est pas mon intention. Je voudrais

seulement trouver une photo du père de Sinclair... Peut-être y a-t-il une photo de mariage ?

Après un petit silence, David demanda :

— Pourquoi ce désir soudain de trouver une photo d'Aylwyn Bailey ?

— Ça peut paraître ridicule, mais je n'en ai jamais vu une seule. Il n'y en a nulle part dans la maison. Je ne sais même pas si grand-mère en a une dans sa chambre. En tout cas je ne m'en souviens pas. C'est curieux, vous ne trouvez pas ?

— Pas quand on connaît votre grand-mère.

Je décidai de mettre David dans la confidence.

— Aujourd'hui, nous avons parlé d'Aylwyn. Ma grand-mère m'a expliqué combien Sinclair lui ressemble. C'était, paraît-il, un homme très séduisant. Je ne lui ai jamais accordé beaucoup d'attention lorsque j'étais petite. Pour moi, il était seulement le père de Sinclair en voyage au Canada. Mais... j'ignore pourquoi il éveille ma curiosité tout à coup.

Le premier album datait seulement d'une dizaine d'années, aussi je le reposai pour prendre le dernier de la pile. C'était un album magnifique, entièrement relié en cuir, où toutes les photos — désormais défraîchies et virant au sépia — étaient soigneusement classées, avec une disposition géométrique et des légendes à l'encre blanche.

Je le feuilletai : parties de chasse, pique-niques, photos de groupe, portraits en studio devant des fonds peints et des palmiers en pots, jeune fille en tenue d'apparat, et une adolescente (ma mère) avec des bas noirs et un costume de bohémienne.

Et puis une photo de mariage. *La* photo. Ma grand-mère, majestueuse dans une robe longue, le front ceint d'un turban en velours. Ma mère, radieuse, l'air enjoué et déterminé. Mon père, jeune et mince, rasé de près et l'air crispé. Une fillette inconnue (probablement une demoiselle d'honneur), et enfin les jeunes mariés : Silvia et Aylwyn. Aylwyn, le visage jeune et rond, innocent et inexpérimenté. Silvia, la bouche petite et peinte en rouge sombre. Aylwyn glissait un sourire entendu à la caméra, le coin de ses lèvres relevé suggérait qu'il voyait dans tout cela une bonne plaisanterie.

— Alors ? dit David.

— Ma grand-mère avait raison... Il ressemble énormément à Sinclair... Il a seulement les cheveux plus courts et coupés autrement. Et peut-être aussi est-il moins grand. Silvia... (je n'aimais pas Silvia), Silvia l'a quitté après un an de mariage. Vous le saviez ?

— Oui, je le savais.

— C'est pourquoi Sinclair a été élevé à Elvie. Mais que faites-vous ?

David était en train d'explorer le fond du tiroir. Il en sortit un paquet de photos collées sur d'épais supports, qui avaient été reléguées dans le fond.

— En voilà d'autres.

— Que représentent-elles ? demandai-je en reposant l'album.

— Un autre mariage, apparemment. Celui de votre grand-mère, je suppose.

— Puis-je voir ?

J'avais oublié Aylwyn. Les clichés nous ramenaient des lustres en arrière, à l'époque de la Grande Guerre, des jupes-fourreaux et des grands chapeaux. Le groupe posait, assis sur des chaises, à la manière d'autrefois. Cols empesés et jaquettes, expressions graves et solennelles. La jeune mariée, ma grand-mère, avait un corsage imposant, drapé de dentelles. Son époux, à peine plus âgé qu'elle, arborait une expression amusée et enjouée, malgré ses habits sombres et son impressionnante moustache.

— Quel air jovial !

— C'était sûrement une bonne nature.

— Et celui-là, qui est-ce à votre avis ?

— Probablement le garçon d'honneur, répondit David en se penchant par-dessus mon épaule. Il est splendide, non ?

— Qui était-ce ?

— Un personnage haut en couleur, il me semble qu'il se faisait appeler Bailey de Cairneyhall. C'était une vieille famille de la région. La légende dit qu'il se donnait des airs importants alors qu'il n'avait pas un sou en poche.

— Et le père de ma grand-mère ?

— C'est ce monsieur à l'allure imposante, j'imagine ! Lui, par contre, était d'une autre trempe. Agent de change à Édimbourg. Il a gagné beaucoup d'argent et laissé une grosse fortune à sa mort. Votre grand-mère, ajouta-t-il de sa voix feutrée d'homme de loi, était son unique enfant.

— Vous voulez dire... que c'était une héritière ?

— En d'autres termes, oui.

J'examinai à nouveau la photo. Ces visages solennels et inconnus étaient mes ancêtres. Ceux qui avaient participé à faire de moi ce que j'étais aujourd'hui.

— Je n'ai jamais entendu parler de Cairneyhall.

— C'est normal. La demeure est tombée en ruine et on a fini par la démolir.

— Donc ma grand-mère n'y a jamais vécu ?

— Peut-être un an ou deux, et dans le plus total inconfort, j'imagine. Mais à la mort de son mari, elle est venue dans cette région, a acheté Elvie et y a élevé ses enfants.

— Mais alors...

Je m'interrompis. Je venais de m'apercevoir, sans pourtant y avoir jamais réfléchi, que j'avais toujours considéré que le veuvage avait laissé ma grand-mère, sinon riche, du moins aisée. Or j'apprenais que les choses s'étaient passées très différemment. Elvie, et tout ce qu'elle contenait, était son bien personnel, un héritage qui n'avait aucun lien avec son mariage.

David m'observait.

— Alors quoi ?

— Non, rien.

J'étais embarrassée. Les questions d'argent avaient le don de me mettre toujours mal à l'aise, un trait de caractère sans doute hérité de mon père. Je changeai vivement de sujet.

— Comment se fait-il que vous connaissiez si bien notre famille, David ?

— Parce que je m'occupe des affaires de votre grand-mère.

— Je vois.

— On ferait peut-être mieux de remettre tout ça en place, dit-il en refermant l'album.

— Oui, vous avez raison. David... je préférerais que ma grand-mère ne sache pas que j'ai posé toutes ces questions.

— Ça restera un secret entre vous et moi.

Une fois les albums rangés et le tiroir fermé, je remis la petite table en place, je pris une cigarette, puis écartai le pare-feu de la cheminée, pour l'allumer à l'aide d'une bûchette. En me redressant, je vis que David m'observait. Il remarqua, d'un ton naturel :

— Vous êtes très belle. L'Écosse vous réussit.

— Merci, répondis-je, à la manière américaine.

Aux États-Unis, les jeunes filles apprennent à dire merci lorsqu'on les complimente. Au contraire, les jeunes Anglaises répondent en minaudant : « Oh, non, je ne suis pas très en beauté aujourd'hui », ou bien : « Ne dites pas ça, cette robe est affreuse », ce qui, à mon avis, est très déconcertant et rebutant.

Puis, comme je me sentais soudain intimidée, je fis diversion en suggérant de nous « préparer » un verre, et David observa qu'il n'y a qu'en Amérique que l'on « prépare » un verre. En Écosse, on le sert.

— Sauf les Martini cocktails, insistai-je. On sert un Martini seulement après l'avoir préparé. C'est logique, non ?

— Un point pour vous, concéda David. Vous désirez un Martini cocktail ?

— Vous savez le préparer ?

— Je crois, oui.

— Mon père prétend qu'il n'y a que deux personnes en Grande-Bretagne capables de faire un bon Martini, et qu'il est l'une d'elles.

— Alors je dois être la seconde, sourit David en approchant de la table-bar.

Il s'affaira un moment autour des bouteilles, mit des glaçons dans les verres, et pela des zestes de citron, puis il me demanda comment j'avais occupé ma journée. Je lui racontai tout, sans omettre le bain chaud et ma sieste tardive, puis j'ajoutai :

— Vous ne devinerez jamais ce que nous avons prévu de faire demain.

— Dites-le-moi.

— Sinclair et moi allons faire le Lairig Ghru à pied.

— Non, vraiment ?

Son étonnement était flatteur.

— Mais oui, vraiment. Gibson nous conduit en voiture à Braemar et vient nous rechercher le soir à Rothiemurchus.

— Que dit la météo ?

— Gibson affirme que ça sera une belle journée. Le vent va chasser la brume et il fera chaud.

Je regardai David. J'aimais sa peau mate, ses longues mains, son visage encadré de cheveux bruns, ses épaules larges sous la veste de smoking bleu foncé. Prise d'une impulsion soudaine, je dis :

— Vous pourriez nous accompagner, peut-être ?

Il traversa le salon avec les deux verres givrés, remplis de liquide or pâle.

— J'aimerais pouvoir venir avec vous, malheureusement je suis occupé toute la journée.

— Peut-être une autre fois, dis-je en prenant le verre qu'il me tendait.

— Oui, peut-être.

Nous levâmes nos verres en souriant. Le Martini était délicieux, glacé et brûlant comme le feu.

— Je vais écrire à mon père pour lui annoncer

que j'ai rencontré le second spécialiste des Martini cocktails. Ah, David, j'oubliais ! Je voudrais vous demander un service. Il me faudrait quelques vêtements.

— Quel genre de vêtements ? demanda-t-il, sans s'étonner du brusque changement de sujet.

— Écossais. Des pulls et des gilets. J'ai l'argent que mon père m'a donné avant mon départ mais ce sont des dollars. Est-ce que vous pourriez les changer pour moi ?

— Sans aucun problème. Mais où comptez-vous faire du shopping ? On ne peut pas dire que Caple Bridge soit le centre de la mode.

— Je ne cherche pas de vêtements à la mode. Je veux juste quelque chose de chaud.

— Dans ce cas je suppose que Caple Bridge fera l'affaire. Quand comptez-vous faire vos emplettes ?

— Samedi.

— Pouvez-vous conduire la voiture de votre grand-mère ?

— Je peux mais je n'en ai pas le droit. Je n'ai pas le permis de conduire britannique. Mais ça n'a pas d'importance. Je prendrai le bus.

— Très bien. Alors, voilà ce que je vous propose. Vous passez d'abord à mon bureau pour que je vous remette votre argent, puis vous allez acheter vos lainages, et si ensuite vous n'avez rien de mieux à faire, je vous invite à déjeuner.

— C'est vrai ?

J'étais aussi surprise que ravie.

— Où m'emmènerez-vous ?

— Eh bien, le choix est plutôt réduit. Soit nous allons au Crimond Arms, soit chez moi. Mais ma femme de ménage ne vient pas le samedi...

— Je peux cuisiner. Vous faites les courses et je me charge du repas. Je serais contente de voir où vous habitez.

— Ça n'a rien d'extraordinaire.

Je brûlais déjà de curiosité. J'ai toujours pensé qu'on ne connaît bien un homme que lorsque l'on a vu son appartement, ses livres, ses tableaux, son mobilier. En Californie, et pendant notre périple jusqu'en Écosse, David s'était conduit à mon égard avec beaucoup de douceur et de gentillesse, mais il ne m'avait montré que la facette professionnelle de sa personnalité. Or il venait d'entrer dans mon intimité, en regardant avec moi mes photos de famille et en répondant à toutes mes questions avec une grande patience. Et maintenant il m'invitait à déjeuner. Je m'apercevais qu'il gagnait beaucoup à être connu et je trouvais très agréable et gratifiant de penser qu'il ressentait peut-être la même impression à mon égard.

À la fin du dîner, je sentis que je succombais à la fatigue due au décalage horaire, et je pris le prétexte de la journée sportive qui m'attendait le lendemain pour dire bonsoir et me retirer. À peine étais-je allongée que je m'endormis.

Pourtant je m'éveillai un peu plus tard, en entendant le vent annoncé par Gibson siffler sous ma porte, taper contre ma fenêtre, agiter la surface du lac et faire clapoter les vagues sur les galets. Soudain, parmi les bruits de la nuit, des voix me parvinrent.

Je vérifiai l'heure à ma montre. Il n'était pas encore minuit. Je tendis l'oreille. Les voix se précisèrent et je reconnus ma grand-mère et Sinclair, qui passaient sur la pelouse en dessous de ma fenêtre. Sans doute étaient-ils sortis promener les chiens avant de fermer la maison pour la nuit.

— ... je l'ai trouvé très vieilli, disait Sinclair.

— Oui, mais que peut-on y faire ?

— Le mettre à la retraite et engager quelqu'un d'autre.

— Mais où iraient-ils, lui et son épouse ? Leurs fils ne sont pas encore établis et ne peuvent donc les accueillir chez eux. Et puis ils vivent ici depuis près de cinquante ans... Aussi longtemps que moi. Je ne peux pas m'en séparer sous prétexte qu'il devient vieux. D'ailleurs, le pauvre mourrait bien vite s'il n'avait plus rien à faire.

Mal à l'aise, je compris qu'ils parlaient de Gibson.

— Mais il n'est plus en mesure d'assumer ce travail.

— Sur quoi te bases-tu pour affirmer des choses pareilles ?

— Ça saute aux yeux, voilà tout. Il a fini son temps.

— Eh bien moi, je trouve qu'il assume parfaitement sa tâche. Ce n'est pas comme s'il devait organiser de grandes parties de chasse. La société qui...

— Justement, voilà le deuxième problème, l'interrompit Sinclair. C'est du gâchis de laisser ce superbe terrain de chasse à ces deux petits hommes d'affaires de Caple Bridge. Ce qu'ils payent ne couvre même pas le salaire de Gibson.

— Il se trouve que l'un de ces deux hommes d'affaires, Sinclair, fait partie de mes amis.

— La question n'est pas là. En réalité, on dirait que nous dirigeons une institution caritative.

Il y eut un petit silence, après quoi ma grand-mère rectifia froidement :

— On dirait que *je*... dirige une institution caritative.

Le ton glacial de sa voix aurait suffi à m'imposer le silence. Pas à Sinclair. Il y semblait imperméable, et je me demandai si ce courage lui venait de son ascendance hollandaise, ou bien de l'excès de cognac ingurgité après le repas.

— Dans ce cas, insista-t-il, je te suggère d'y

mettre fin. Et tout de suite. Sépare-toi de Gibson et vends la chasse. Ou alors cède-la en location à une société capable de payer un prix raisonnable...

— Sinclair, je t'ai déjà dit...

Je n'en entendis pas davantage. Leurs voix se fondirent dans la nuit. Leur discussion n'était pas terminée, mais ils disparurent au coin de la maison. Immobile, crispée, malheureuse, je regrettais de les avoir surpris malgré moi. Leur querelle me rendait malade, mais plus encore l'objet même de leur querelle.

Gibson. Quand je songeais à lui, je le voyais tel qu'il avait toujours été : fort, infatigable, sage, connaissant intimement la nature. Je me le rappelais en train d'apprendre à Sinclair à chasser et à pêcher. Avec une patience infinie, il répondait à nos questions, nous laissait le suivre comme des petits chiens. Quant à Mrs. Gibson, elle nous gâtait, nous maternait, nous achetait des bonbons, nous offrait des petits pains tout chauds tartinés d'une épaisse couche de beurre qu'elle barattait elle-même.

Il était impossible de concilier le passé et le présent, le Gibson de mon souvenir et le vieil homme qu'il était devenu. Et il était encore plus difficile d'admettre que mon cousin Sinclair puisse statuer avec une telle désinvolture, un tel cynisme, sur le devenir de ce vieil homme.

7

Je m'éveillai à nouveau, arrachée au sommeil par je ne sais quelle alarme inconsciente. Je savais qu'il faisait jour. Je m'étirai, ouvris les yeux, et découvris un homme dressé au pied de mon lit qui m'observait d'un regard froid. Je laissai échapper un petit cri de frayeur et me redressai, le cœur battant. Mais c'était tout simplement Sinclair, qui était venu me réveiller.

— Il est huit heures, annonça-t-il. Et nous levons le pied à neuf.

Je refermai les yeux et m'accordai un moment pour recouvrer mon calme.

— Tu m'as fait une grande peur.

— Désolé, ce n'était pas mon intention. Je voulais juste te réveiller.

J'ouvris à nouveau les yeux et, cette fois, je ne vis aucune menace, seulement la silhouette familière de mon cousin au pied de mon lit, les bras croisés, qui m'observait d'un regard amusé. Il portait un kilt aux teintes délavées et un grand pull-over côtelé, avec un foulard noué autour du cou. Il avait un air propre, sain, et dégageait un agréable parfum de lotion après-rasage.

Je me mis à genoux pour ouvrir la fenêtre et inspecter le ciel. Il faisait un temps idéal, clair, lumineux, frais. Le ciel était immaculé.

— Gibson avait raison, constatai-je avec admiration.

— Évidemment. Gibson a toujours raison. Tu as entendu le vent souffler, cette nuit ? Il y a même du givre ce matin. Bientôt les arbres perdront leurs feuilles.

Le lac, bleu à cause du ciel qui s'y reflétait, était parsemé de petits moutons blancs, et les montagnes, en face, n'étaient plus voilées par la brume, mais claires et scintillantes, tachées de longues traînées de bruyère pourpre. Dans l'air cristallin du matin, on distinguait chaque rocher, chaque fissure, chaque cirque menant vers les cimes bosselées.

Comment ne pas se sentir exalté par les promesses d'une si belle journée ? Les incertitudes de la nuit s'étaient dissipées en même temps que les ténèbres. J'avais surpris une conversation qui ne m'était pas destinée. Dans la lumière vive du matin, il me semblait soudain possible que je me sois méprise sur les paroles que j'avais entendues. Après tout, je n'avais surpris que quelques bribes d'une discussion, et il était injuste d'émettre un jugement à partir de si peu d'éléments.

Ainsi rassérénée à bon compte, je me sentis envahie soudain d'une joie intense. Je bondis de mon lit et filai chercher mes vêtements, tandis que Sinclair, sa mission accomplie, descendait déjeuner.

Le petit déjeuner avait été préparé dans la cuisine. Mrs. Lumley fit frire des saucisses. J'en mangeai quatre et bus deux énormes tasses de café. Puis j'allai dénicher un vieux sac à dos pour y mettre notre repas : sandwichs, chocolat, pommes et fromage.

— Voulez-vous emporter un thermos ? proposa Mrs. Lumley.

— Non, répondit Sinclair en dévorant une autre tartine de marmelade. Mais donnez-nous deux gobelets en plastique, nous boirons l'eau de la rivière.

Le klaxon d'une voiture retentit dans la cour et, presque aussitôt, Gibson apparut sur le seuil de la cuisine. Il portait son éternelle veste en tweed verte, des knickerbockers qui flottaient autour de ses mollets décharnés, et son vieux chapeau en tweed.

— Vous êtes prêts ? demanda-t-il sur un ton de surprise évidente.

Nous l'étions. Munis d'anoraks de secours et du sac à dos de pique-nique, nous sortîmes dans le radieux soleil du matin. L'air vif qui me picotait les narines et me glaçait les poumons me donnait des ailes.

— Quelle chance nous avons ! Il fait un temps absolument splendide !

— Pas mal, commenta Gibson.

Ce qui, pour un Écossais, était le summum de l'enthousiasme.

Nous montâmes dans la Land Rover. Il y avait assez de place pour tenir à trois sur le siège avant, mais la chienne de Gibson montrait des signes de nervosité et réclamait de la compagnie, aussi je décidai de m'asseoir derrière avec elle. Au début elle s'agita et piétina, puis elle finit par s'habituer aux cahots de la voiture et s'installa pour dormir, sa tête veloutée posée sur ma chaussure.

Gibson emprunta la route de Braemar via Tomintoul, en traversant la montagne par le sud. Vers onze heures, nous étions dans la vallée de la Dee inondée de soleil. La rivière était en crue, profonde, transparente. Elle serpentait à travers les champs, les cultures, et les plantations de hauts pins d'Écosse. Après la traversée de Braemar, environ cinq kilomètres plus loin, nous franchîmes le pont qui enjambait la rivière et menait à Mar Lodge.

Là, Gibson arrêta la Land Rover et tout le monde descendit, y compris la chienne qui courut se dégourdir les pattes, pendant que Gibson allait chercher les clefs de la réserve forestière. Ensuite nous allâmes au bar. Gibson et Sinclair burent une bière et moi un verre de cidre.

— C'est encore loin ? m'informai-je.

— Environ six ou sept kilomètres, répondit le

garde-chasse. Mais la route est très mauvaise. Vous feriez p'têt' bien de monter à l'avant avec nous.

J'abandonnai donc la chienne pour m'asseoir à l'avant entre les deux hommes. En réalité, la route n'était pas une route, mais une simple piste tracée au bulldozer, avec de profondes ornières, utilisée par le service des Eaux et Forêts. De temps à autre, nous croisions des équipes de gardes-forestiers équipés de tronçonneuses et de tracteurs, avec qui nous échangions des saluts amicaux. Parfois ils devaient déplacer leurs lourds véhicules pour nous permettre de passer. L'air était gorgé de la senteur des pins. Arrivés à la maison forestière, qui accueillait grimpeurs et randonneurs, nous descendîmes de la Land Rover, raides et endoloris. Il régnait un silence profond. Les forêts, la lande et les montagnes nous encerclaient. Seuls un ruissellement d'eau, au loin, et le frémissement des pins au-dessus de nos têtes rompaient le silence.

— Je vous rejoindrai à Loch Morlich, promit Gibson. Vous pensez pouvoir y arriver vers six heures ?

— Si nous n'y sommes pas, attendez-nous, répondit Sinclair. Et si vous ne nous voyez pas à la nuit, prévenez les secours en montagne ! Nous resterons sur le sentier, ils pourront nous retrouver facilement.

— En tout cas, n'allez pas vous tordre une cheville, me dit Gibson. Et passez une bonne journée.

Cela, nous en étions sûrs. Gibson remonta dans sa voiture et fit demi-tour sur la piste. Le bruit du moteur décrut et se perdit bientôt dans l'immensité. Je levai les yeux et constatai, une fois de plus, que l'Écosse possédait un ciel incomparable. En effet, dans ce pays, le ciel s'étire et s'élève jusqu'à l'infini. Un couple de courlis cendrés passa au-dessus de nous. Dans le lointain, on entendait des bêlements de moutons. Sinclair se tourna vers moi en souriant et dit :

— On y va ?

Il s'engagea le premier sur un sentier qui courait le long d'un ruisseau encaissé entre des joncs. Nous arrivâmes à une ferme isolée, avec des enclos à moutons en bois. Un chien se précipita vers nous en jappant, et attendit que nous ayons dépassé son territoire pour regagner son chenil. Et le silence tomba de nouveau. Par endroits surgissaient des taches de couleur : jacinthes, grands chardons mauves, massifs de bruyère bourdonnants d'abeilles. Le soleil était au zénith et il faisait assez chaud pour enlever nos lainages et les nouer autour de la taille. Le sentier serpentait à flanc de colline, à travers les arbres. Devant moi, Sinclair se mit à siffloter un air familier. C'était une chanson que nous chantions étant enfants, après le goûter, dans le salon, avec ma grand-mère qui nous accompagnait au piano : *La Noce de Mairi.*

Nous allons nombreux
Bras dessus bras dessous

En cortège gai et joyeux
Tous à la noce de Mairi.

Nous arrivâmes à un pont et à une cascade, dont l'eau n'était pas de couleur brunâtre mais d'un vert jade, qui chutait six ou sept mètres plus bas dans un gouffre de roches claires. Je restai sur le pont avec Sinclair pour contempler l'arche liquide étincelante comme un joyau, translucide et éclaboussée de soleil, bordée par un arc-en-ciel miniature, et qui se jetait dans un bassin bouillonnant. Je n'avais jamais rien vu d'aussi beau.

— Pourquoi l'eau est-elle de cette couleur et non pas brune ? demandai-je en forçant la voix pour couvrir le tumulte de la cascade.

Sinclair m'expliqua que l'eau qui dévalait à cet endroit provenait des pics calcaires et n'avait pas été teintée par la tourbe. Nous nous attardâmes un moment, puis Sinclair déclara que nous n'avions guère de temps à perdre et qu'il fallait avancer.

Chanter nous donnait du courage, et nous rivalisions pour retrouver les paroles de chansons anciennes. *La Route des îles*, *Chez nous dans le soleil couchant*, et *Marchons*, qui est comme son nom l'indique la meilleure chanson de marche. Ensuite le chemin commença à grimper pour franchir le contrefort d'une montagne, et il nous fallut arrêter de chanter pour ménager notre souffle. Le sol était noué de vieilles racines de bruyère et très tourbeux. À chaque pas, de la boue noirâtre suintait autour de mes semelles. Mes jambes et mon dos commençaient à être douloureux, le souffle à me manquer. J'avais beau me fixer des buts : tel sommet, puis tel autre, il y en avait toujours un qui surgissait plus loin. C'était décourageant.

Mais alors que je commençais à abandonner tout espoir d'arriver quelque part, se dressa soudain devant nous une haute dent noire, dont la cime acérée perçait le ciel bleu, et dont la face lisse tombait en à-pic sur plus de trois cents mètres jusqu'à atteindre le fond d'une étroite vallée brune.

Je m'arrêtai net.

— Sinclair, qu'est-ce ?

— Le Pic du Diable.

Il avait une carte. Il s'assit pour la déplier et l'étaler en luttant contre le vent, afin d'identifier les monts environnants. Ben Vrottan et Cairn Toul, Ben Macdui, et la longue chaîne qui menait au Cairngorm.

— Et cette vallée ?

— Glen Dee.

— Et le petit ruisseau ?

— Le petit ruisseau, comme tu l'appelles, n'est autre que l'impétueuse rivière Dee, à ses balbutiements, bien entendu.

De fait, c'était assez cocasse de comparer ce très modeste cours d'eau avec la majestueuse rivière que nous avions vue le matin même.

Nous reprîmes la route après avoir grignoté un morceau de chocolat. Nous amorcions heureusement une descente, cette fois, car nous avions rattrapé le chemin qui mène à Lairig Ghru proprement dit. Le sentier serpentait devant nous comme un trait blanc griffonné dans l'herbe brune, et remontait en pente douce vers un point éloigné à l'horizon, où les montagnes et le ciel semblaient se rencontrer. Le Pic du Diable se dressa d'abord au-dessus de nous comme une sentinelle, puis il disparut dans notre dos. Nous marchions et nous étions seuls. Vraiment seuls. Ni lapins, ni lièvres, ni cerfs, ni coqs de bruyère. Pas d'aigle non plus. Rien ne rompait le silence. Aucune créature vivante ne se manifestait. Seulement le bruit de nos pas, et le sifflotement de Sinclair.

Repas copieux, harengs à volonté,
De la tourbe plein son panier
Une foule d'enfants à élever
Tels sont nos vœux pour Mairi.

Soudain une maison nous apparut, comme une pierre fichée au pied de la colline, sur la berge opposée de la rivière.

— Qu'est-ce que cette maison, Sinclair ?

— Un refuge pour les grimpeurs ou les randonneurs, en cas de mauvais temps.

— Où en sommes-nous dans notre horaire ?

— Dans la moyenne.

— J'ai faim.

— Nous nous arrêterons au refuge pour manger, promit-il en m'adressant un sourire par-dessus son épaule.

⁂

Plus tard, nous nous étendîmes sur le coussin moelleux de l'herbe frémissante, Sinclair se faisant un oreiller de sa veste, et moi un oreiller de l'estomac de Sinclair. Les yeux fixés sur le ciel bleu et vide, je songeai qu'il était bien étrange d'être avec un cousin. Tantôt nous étions aussi proches qu'un frère et une sœur, tantôt un malaise planait entre nous. Je songeai que cela avait sans doute un rapport avec le fait que nous n'étions plus des enfants et que je trouvais Sinclair terriblement séduisant. Toutefois cela ne suffisait pas à expliquer cette retenue instinctive : quelque part dans un coin de mon esprit, une petite sonnette d'alarme retentissait comme pour m'avertir d'un danger.

Une mouche, un moustique, ou je ne sais quel insecte, atterrit sur mon visage et je le chassai d'un geste mais il revint se poser au même endroit.

— Ah, zut !

— Zut quoi ? s'enquit Sinclair d'une voix endormie.

— Une mouche.

— Où ?

— Sur mon nez.

Sa main vint chasser l'intrus, s'attarda sur la courbe de ma mâchoire, et s'y posa, les doigts en coupe autour de mon menton.

— Si nous nous endormons, c'est Gibson et toute l'escouade de secours en montagne qui viendront nous réveiller en fanfare, remarqua Sinclair.

— Nous ne risquons pas de nous endormir.

— Comment peux-tu en être si sûre ?

Je ne répondis pas. Comment lui expliquer mes sentiments, la crispation de mon estomac au contact de sa main, dont je ne savais si elle était due au désir ou à la peur. La peur. C'était un mot inconcevable concernant Sinclair, pourtant la conversation que j'avais surprise la veille au soir revint à mon esprit, et j'en ressassai les termes sans pouvoir en définir la portée exacte. Je regrettais de n'avoir pu voir ma grand-mère avant de quitter la maison. Un seul coup d'œil à son expression aurait suffi à m'éclairer. Mais elle n'était pas descendue de sa chambre avant notre départ et je n'avais pas voulu la réveiller.

Je bougeai, mal à l'aise, et Sinclair s'inquiéta :

— Qu'est-ce que tu as ? Tu es tendue comme une corde. Tu as des remords ? Tu te sens coupable ?

— De quoi devrais-je me sentir coupable ?

— C'est à toi de me le dire. D'avoir abandonné ton cher papa, peut-être ?

— Mon père ? Tu plaisantes !

— Tu veux dire que tu avais hâte de quitter les sables de Reef Point et la Californie ?

— Pas du tout. Mais, en ce moment, mon père ne manque de rien, et je n'éprouve pas la moindre culpabilité.

— Alors ce doit être autre chose, dit Sinclair en caressant ma joue du bout de son doigt. Je sais ! C'est l'homme de loi au cœur solitaire.

— Le quoi ?

— Le notaire. Tu sais bien, ce vieux rusé de Rankeillour en personne !

— Citer Robert Louis Stevenson ne te mènera nulle part. D'ailleurs je ne vois pas de quoi tu veux parler.

Cette fois je mentais.

— David Stewart, ma chérie. Il ne t'a pas quittée du regard un seul instant, hier soir. Tu ne t'en es pas rendu compte ? Il t'a dévorée des yeux pendant tout le dîner. Je dois avouer que tu étais à croquer. Où as-tu acheté cette tenue orientale ?

— À San Francisco. Ce que tu dis est ridicule, Sinclair.

— Pas du tout. Je t'assure, ça se voyait à des kilomètres. Ça te plairait d'être la chérie d'un vieillard ?

— David n'est pas vieux.

— Il a trente-cinq ans, et il est si digne de

confiance, ma chère petite, dit Sinclair en imitant la voix chevrotante d'une douairière. C'est un garçon si charmant.

— Tu deviens méchant.

— Je le suis, dit Sinclair. (Puis, sans changer de ton :) Quand repars-tu en Amérique ?

— Pourquoi cette question ? demandai-je, prise de court.

— Je veux juste savoir.

— Dans un mois, je pense.

— Si tôt ? J'espérais que tu resterais. Que tu abandonnerais ton père pour planter enfin tes racines dans ton vieux pays.

— J'aime trop mon père pour l'abandonner. Et puis, d'ailleurs, qu'est-ce que je ferais ici ?

— Tu pourrais travailler.

— On croirait entendre grand-mère. Je ne peux pas travailler parce que je ne sais rien faire.

— Du secrétariat ?

— Même pas. Chaque fois que j'ai essayé de taper à la machine, le résultat a été catastrophique.

— Tu pourrais te marier.

— Je ne connais personne !

— Moi, tu me connais.

Son pouce, qui me caressait la joue, s'immobilisa. Après un temps, je m'assis et me retournai pour le regarder. Ses yeux étaient plus bleus que le ciel, mais son regard ne trahissait rien.

— Qu'as-tu dit ?

— J'ai dit : « Moi, tu me connais. »

Sa main glissa le long de mon bras et ses doigts se refermèrent sur mon poignet.

— Tu n'es pas sérieux !

— Crois-tu ? Faisons comme si je l'étais. Que répondrais-tu ?

— D'abord, je te ferais remarquer que ce serait presque un inceste.

— Objection non valable.

— Et pourquoi moi, au fait ? Tu m'as toujours trouvée plate comme une limande.

— Plus maintenant. Tu n'es plus plate du tout. Tu es devenue une somptueuse Viking.

— Je ne sais rien faire. Je ne sais même pas composer un bouquet de fleurs.

— Je me fiche complètement que tu saches composer des bouquets de fleurs !

— De toute façon, j'imagine qu'il y a une ribambelle de femelles avides à travers tout le pays qui ne rêvent que du jour où tu leur demanderas de devenir Mrs. Sinclair Bailey.

— Peut-être, admit Sinclair avec une suffisance exaspérante. Mais elles ne m'intéressent pas.

Malgré moi, Sinclair avait piqué ma curiosité et je m'amusai à développer son hypothèse.

— Où habiterions-nous ?

— À Londres, évidemment.

— Je n'aimerais pas vivre à Londres.

— Tu es folle. Il est inconcevable de vivre ailleurs. Tout se passe à Londres.

— Je préfère la campagne.

— Nous irions à la campagne le week-end. C'est ce que je fais habituellement, d'ailleurs. Je vais chez des amis...

— Et qu'est-ce que l'on ferait ?

— On flânerait, on ferait peut-être un peu de voile, on irait aux courses.

— Aux courses ?

— Tu n'as jamais assisté à des courses de chevaux ? Il n'y a rien de plus passionnant, dit Sinclair en se redressant sur les coudes, le visage au niveau du mien. Est-ce que je commence à te tenter ?

— Tu sembles avoir oublié un petit détail.

— Lequel ?

— L'amour.

— L'amour ? Mais, Jane, nous nous aimons. Nous nous sommes toujours aimés.

— C'est différent.

— Comment ça, différent ?

— Si tu ne le sais pas déjà, je ne peux pas te l'expliquer.

— Essaie quand même.

Je me redressai, mal à l'aise. Je savais que, dans un sens, Sinclair avait raison. Je l'avais toujours aimé. Quand j'étais petite, il était le personnage le plus important de ma vie. Mais j'étais moins sûre de l'homme qu'il était devenu. Craignant qu'il ne puisse lire mes pensées sur mon visage, je baissai la tête et commençai à arracher de petites touffes d'herbe, que le vent emportait. Enfin je me décidai à lui répondre.

— Parce que nous avons tous les deux changé, je suppose. Tu es devenu une personne différente. Et moi je suis presque une Américaine...

— Oh, Jane, je t'en prie...

— Mais c'est vrai. J'ai grandi, j'ai fait mes études là-bas. Mon passeport britannique ne peut pas effacer ça, ni la façon dont je ressens les choses.

— Tu tournes autour du pot. Tu en as conscience, n'est-ce pas ?

— Peut-être. Mais, de toute façon, n'oublie pas que cette conversation est purement hypothétique. Nous sommes en train de discuter sur une simple supposition.

Sinclair prit une profonde inspiration, comme s'il s'apprêtait à poursuivre le débat, puis il parut changer d'avis et chassa tout cela d'un éclat de rire.

— On pourrait rester assis ici et discutailler jusqu'à ce que le soleil se couche !

— On ferait mieux de partir, tu ne crois pas ?

— Si. Il nous reste encore une bonne quinzaine de kilomètres. Mais nous avons déjà parcouru un long chemin, et cela, je te le signale, est une remarque qui se veut ambiguë.

Je souris. Sinclair glissa une main derrière ma nuque, attira mon visage vers le sien, et posa ses lèvres sur les miennes, entrouvertes et souriantes.

J'avais un peu anticipé son geste, mais je n'avais pas prévu ma propre réaction de panique. Je dus me forcer à demeurer immobile dans ses bras, à attendre qu'il ait terminé et s'écarte enfin, ensuite je restai là un moment, puis je commençai lentement à rassembler les affaires du pique-nique dans le sac à dos, les papiers des sandwichs, les gobelets en plastique. Tout à coup notre isolement m'effrayait. Je nous imaginais comme deux fourmis, les deux seules créatures vivantes dans cette vaste nature déserte, et je me demandais si Sinclair m'avait amenée ici dans l'intention d'engager cette invraisemblable discussion avec moi, ou bien s'il avait lancé cette idée de mariage sous le coup d'une simple impulsion.

— Sinclair, nous devons partir. Il le faut vraiment, répétai-je avec insistance.

Il avait un air songeur. Mais il se contenta de sourire et répondit :

— Oui.

Ensuite il se leva, prit le sac à dos et s'engagea le premier sur le sentier.

À notre arrivée, la nuit tombait. J'avais parcouru les derniers kilomètres dans un état second, en mettant un pied devant l'autre, sans oser m'arrêter de peur de ne pouvoir redémarrer. Enfin, après une dernière courbe, à travers les arbres j'aperçus le pont, la grille, Gibson et la Land Rover qui attendaient sur la route. J'avais du mal à croire que nous étions arrivés. Les muscles endoloris, je parcourus les derniers mètres, franchis la barrière, et m'écroulai dans la voiture. Mais lorsque je voulus allumer une cigarette, je m'aperçus que mes mains tremblaient.

Nous rentrâmes dans le crépuscule bleuté. À l'est, une nouvelle lune, pâle et fine comme un cil, se hissait dans le ciel. Dans le faisceau des phares qui fouillaient la route, un lapin fila se mettre à couvert, et les yeux d'un chien errant étincelèrent comme deux pierres précieuses avant de disparaître. À l'avant, les deux hommes bavardaient, alors que j'étais muette et paralysée par un épuisement qui n'était pas seulement physique.

Cette nuit-là, je fus réveillée par la sonnerie du téléphone. Elle se fraya un chemin dans mes rêves et m'arracha au sommeil comme un poisson pris à l'hameçon. Je n'avais aucune idée de l'heure mais, en tournant la tête, je vis la lune suspendue au-dessus du loch. Son reflet effleurait l'eau noire par petites touches argentées.

La sonnerie persista. Ensommeillée, je descendis de mon lit en titubant, traversai ma chambre et le palier obscur. Le téléphone se trouvait en bas, dans la bibliothèque, mais il y avait un deuxième poste au premier étage, dans un couloir qui menait à l'ancienne nurserie. C'est vers celui-ci que je me dirigeai.

Pendant mon expédition dans le couloir, à demi inconsciente, la sonnerie dut sans doute s'interrompre, mais j'étais trop endormie pour le remarquer, aussi, quand je décrochai enfin le téléphone, j'entendis une voix qui parlait déjà. C'était une voix de femme, inconnue de moi, claire et agréable. « ... évidemment j'en suis certaine. J'ai vu le médecin cet après-midi et il affirme qu'il n'y a aucun doute possible. Écoute, je crois que nous devrions en parler... Je voudrais te voir, mais je ne peux pas m'absenter... »

L'esprit gourd, encore plein de sommeil, je pensai qu'il y avait sûrement une interférence de lignes. La préposée de Caple Bridge avait dû commettre une erreur ou s'endormir. Cet appel n'était pas pour nous. J'allais intervenir pour arrêter la correspondante inconnue, lorsque j'entendis une voix d'homme, qui me réveilla tout à fait.

— C'est si urgent, Tessa ? dit la voix de Sinclair. Ça ne peut pas attendre ?

— Évidemment c'est urgent !... Nous n'avons pas de temps à perdre...

À ce moment, la voix de la femme perdit son calme, et je sentis la crise de nerfs poindre derrière les paroles qui suivirent :

— Sinclair, je vais avoir un bébé...

Je raccrochai doucement le téléphone. Il y eut un léger déclic et les voix s'éteignirent. Je restai un instant immobile dans le noir, toute frissonnante, puis je fis demi-tour dans le couloir et me penchai par-dessus la rampe pour écouter. L'escalier et le hall s'ouvraient au-dessous de moi comme un gouffre noir, mais, à travers la porte close de la bibliothèque, me parvenait le murmure très reconnaissable de la voix de Sinclair.

Mes pieds étaient glacés. Tremblante de froid, je regagnai ma chambre et mon lit. Puis un faible « ding » résonna, annonçant la fin de la communication. Presque aussitôt j'entendis les pas de Sinclair monter l'escalier tout doucement. Il entra dans sa chambre et s'y affaira quelques instants, ouvrit et ferma des tiroirs, puis il ressortit et descendit de nouveau. La porte d'entrée s'ouvrit, se ferma, et quelques instants après je reconnus le ronronnement de tigre de la Lotus qui démarrait et s'éloignait sur la route.

Je tremblais de tous mes membres, comme lorsque j'étais enfant et que j'étais éveillée par un cauchemar, convaincue que des fantômes se cachaient dans la penderie.

8

Le lendemain matin, en descendant, je trouvai ma grand-mère déjà assise à la table du petit déjeuner. Au moment où je me penchais pour l'embrasser, elle m'annonça :

— Sinclair est parti à Londres.

— Comment le sais-tu ?

— Il a laissé une lettre dans le vestibule.

Elle sortit la lettre de la liasse du courrier et me la tendit. Sinclair avait utilisé l'épais papier à en-tête d'Elvie. Son écriture était ferme, noire, tout empreinte de sa personnalité.

Désolé, je dois faire un saut à Londres pour un jour ou deux. Je rentrerai lundi soir ou mardi matin. Prenez soin de vous pendant mon absence, et ne faites pas de bêtises.

Tendresses,

Sinclair.

C'était tout. Je reposai la lettre.

— Le téléphone a sonné, cette nuit, vers minuit et demi. Tu as entendu ? demanda ma grand-mère.

— Oui, je l'ai entendu.

— Je m'apprêtais à aller répondre, et puis j'ai pensé que c'était sûrement pour Sinclair, alors j'ai laissé sonner.

— Oui, bien sûr, dis-je en apportant ma tasse de café sur la table. Ça lui arrive souvent ?

— De temps à autre, répondit ma grand-mère en triant les factures dans le courrier.

Je m'aperçus qu'elle s'appliquait autant que moi à paraître occupée.

— Sinclair mène une vie très agitée, reprit-elle. Et son travail occupe beaucoup de son temps... Ce n'est pas comme s'il avait un emploi de bureau à horaires fixes.

— Oui, je m'en doute.

Le café, chaud et fort, estompa la tension qui me raidissait la nuque. Encouragée par son effet apaisant, je dis :

— C'est peut-être une petite amie qui l'a appelé.

Ma grand-mère me jeta un regard bleu acéré, mais répondit simplement :

— Oui, peut-être.

Je m'accoudai sur la table et ajoutai d'un ton que j'espérais désinvolte :

— Je suppose qu'il en a une certaine quantité ? Mon cousin est le plus beau spécimen d'homme que je connaisse. Lui arrive-t-il d'amener ses conquêtes à la maison ? En as-tu déjà rencontré certaines ?

— Parfois, à Londres. Tu sais, il les invite à dîner, ou bien nous allons au théâtre.

— T'est-il arrivé de penser qu'il pourrait en épouser une ?

— On n'est jamais sûr de rien, tu sais, avec Sinclair, répondit-elle d'un ton froid, presque désintéressé. Il mène à Londres une vie tellement différente d'ici. Elvie lui sert de cure de repos. Quand il vient, il passe son temps à flemmarder. Je crois qu'il est ravi de s'éloigner un peu de ses sorties nocturnes et de ses déjeuners d'affaires.

— Donc il n'a jamais eu de liaison sérieuse ? Personne qui lui plaisait particulièrement ?

— Si, il y en avait une, répondit ma grand-mère en reposant son courrier.

Elle ôta ses lunettes et regarda par la fenêtre le lac, au bout du jardin, d'un bleu étincelant sous le soleil d'automne.

— Il l'a rencontrée en Suisse, aux sports d'hiver. Je crois qu'ils se sont beaucoup fréquentés quand elle est rentrée à Londres.

— Aux sports d'hiver ? Il me semble que tu m'as envoyé une photo.

— Oui, je me souviens. C'était pour le nouvel an, à Zermatt. C'est là qu'ils ont fait connaissance.

Je crois qu'elle participait à un championnat de ski, ou quelque chose de ce genre. Une compétition internationale.

— Une championne, alors ?

— Oui, elle est très connue.

— Tu l'as rencontrée ?

— Sinclair me l'a présentée. Il l'a invitée à déjeuner au Connaught pendant l'été, lors d'une de mes visites en ville. C'est une fille charmante.

Je pris un toast et commençai à le beurrer avant de demander :

— Comment s'appelle-t-elle ?

— Tessa Faraday. Tu as sans doute entendu parler d'elle.

J'en avais en effet entendu parler, mais pas de la façon dont ma grand-mère le supposait. Je contemplai le toast que je venais de beurrer, certaine d'être malade si je me risquais à le manger.

Après le petit déjeuner, je montai dans ma chambre pour chercher le porte-photos dans lequel j'avais rangé la photo où Sinclair posait à côté d'une jeune femme. Jeune femme que j'avais voulu ignorer en la camouflant.

Maintenant, c'était elle qui m'intéressait. Je vis une jeune femme mince, petite, enjouée, avec des yeux noirs, les cheveux relevés par un ruban, avec de gros anneaux d'or aux oreilles, vêtue d'un ensemble de velours brodé. Elle était nichée contre Sinclair et tous deux étaient enrubannés de serpentins multicolores. Elle semblait gaie, pleine de vitalité, heureuse, et au souvenir de sa voix au téléphone, la nuit précédente, j'eus soudain peur pour elle.

Le fait que Sinclair soit parti si précipitamment à Londres — vraisemblablement pour la rejoindre — aurait dû me rassurer. Mais je ne l'étais pas. Son départ avait été trop rapide, trop professionnel, dénué de toute considération affective pour sa grand-mère et pour moi. Je me remémorai, malgré moi, sa prise de position à l'égard de Gibson, lors de sa dispute avec ma grand-mère sur l'éventualité de la mise à la retraite du vieux garde-chasse, et je m'aperçus que, inconsciemment, je lui avais cherché des excuses.

Peu importe... je me devais d'être honnête avec moi-même, et le mot « insensible » me traversa l'esprit. Confronté à une situation qui aurait bouleversé n'importe qui, Sinclair était resté insensible. J'étais moi-même très anxieuse pour cette jeune femme que je ne connaissais pas, et j'osais espérer qu'il lui témoignerait un minimum de compassion.

Du hall, ma grand-mère m'appela. Je remis vivement la photo en place et sortis sur le palier.

— Oui, grand-mère ?

— Quels sont tes projets pour aujourd'hui ?

Je descendis à mi-étage et m'assis sur une marche.

— Je pense aller faire des courses. Je dois acheter quelques lainages sinon je vais mourir de froid.

— Où comptes-tu aller ?

— À Caple Bridge.

— Mais, ma chérie, tu ne trouveras rien à acheter à Caple Bridge.

— Je trouverai au moins un pull-over.

— Écoute, je dois me rendre à Inverness pour une réunion du conseil d'administration de l'hôpital. Je peux t'y emmener en voiture.

— Je ne peux pas. David Stewart a de l'argent pour moi. Il a changé les dollars que papa m'a donnés. Et puis il m'a invitée à déjeuner.

— Oh, c'est très gentil. Mais... comment vas-tu te rendre à Caple Bridge ?

— Par l'autobus. Mrs. Lumley dit qu'il en passe toutes les heures à l'embranchement.

— Très bien, si c'est ce que tu veux.

Pourtant elle semblait hésiter. Elle restait là, au pied de l'escalier, la main sur le pilastre de la rampe. Elle ôta ses lunettes et me regarda attentivement.

— Tu as l'air fatiguée, ma chérie. Votre randonnée d'hier était bien trop épuisante après un si long voyage.

— Mais non. C'était formidable.

— J'aurais dû dire à Sinclair d'attendre un jour ou deux...

— Nous aurions raté ce temps magnifique.

— Oui, c'est possible. Mais tu n'as rien mangé, ce matin.

— Je ne déjeune jamais.

— En tout cas, j'espère que David t'offrira un vrai repas.

Elle se tourna pour partir, puis se ravisa.

— Oh, Jane... puisque tu vas faire du shopping, veux-tu me laisser t'offrir un nouvel imperméable ? J'aimerais que tu aies quelque chose de plus confortable.

En dépit de tout, je parvins à sourire. J'adorais la façon qu'avait ma grand-mère de respecter les convenances et de dire les choses en y mettant les formes.

— Tu n'aimes pas le mien ? dis-je pour la taquiner.

— Si tu veux mon opinion, je trouve qu'il te donne l'air d'une bohémienne.

— Depuis toutes ces années que je le porte, c'est bien la première fois qu'on me dit une chose pareille !

— Tu ressembles de plus en plus à ton père.

Elle soupira, sans sourire de ma boutade, et se dirigea vers son bureau pour me signer un chèque. Avec une telle somme, j'aurais pu acheter un imperméable doublé de fourrure avec une capuche en zibeline, à condition bien sûr que j'en aie eu envie.

J'allai donc attendre à l'embranchement de la route l'autobus qui devait me conduire à Caple Bridge. Il faisait un soleil éclatant, et je ne me rappelais pas avoir connu ici une journée si lumineuse et si colorée. Comme il avait plu un peu pendant la nuit, la nature était lavée de frais et la route reflétait le bleu du ciel. Les haies regorgeaient de cynorhodons écarlates, les fougères étaient dorées, et les feuilles des arbres allaient du pourpre le plus sombre au jaune le plus clair. La brise qui soufflait du nord était fraîche et douce comme du vin frappé, et on y sentait déjà la première neige.

Le bus s'arrêta au croisement pour me prendre. Il était bondé de gens de la campagne qui allaient faire leurs courses du samedi à Caple Bridge, et la seule place libre était à côté d'une grosse dame coiffée d'un chapeau en feutre bleu, qui portait un panier sur ses genoux. Elle était si imposante qu'elle empiétait de moitié sur mon siège et à chaque virage j'encourais le danger d'en être carrément éjectée.

Il y avait sept kilomètres jusqu'à Caple Bridge et je connaissais la route aussi bien qu'Elvie. Je l'avais arpentée à pied, à bicyclette, j'en connaissais chaque borne. Je connaissais aussi les noms de toutes les familles qui habitaient les cottages qui la bordaient. Dargie, Thompson, Willie McRae. Et ici la maison du chien hargneux, et là le pré des chèvres blanches.

Le bus atteignit la rivière, la longea pendant environ huit cents mètres, puis effectua un virage en S pour la franchir sur un étroit pont en dos-d'âne. Jusqu'alors, rien n'avait changé, mais quand le bus arriva en haut du dos d'âne, je découvris un peu plus loin, juste en face, des feux de signalisation clignotants indiquant la présence d'un chantier. On réalisait des excavations considérables afin de supprimer un virage extrêmement dangereux.

Les bulldozers avaient rasé les haies, laissant de grandes cicatrices de terre nue dans leur sillage. Des ouvriers maniaient pelles et marteaux-piqueurs, d'énormes excavateurs s'activaient en grondant comme des monstres préhistoriques, et par-dessus tout cela planait la chaude et délicieuse odeur de goudron chaud.

Le feu devant nous était rouge. Le bus s'immobilisa, moteur ronronnant. Puis le feu passa au vert et le bus redémarra en douceur sur la voie étroite, entre les feux clignotants, et rejoignit la route. La grosse dame à côté de moi commença à s'agiter sur son siège, à vérifier le contenu de son panier, levant des regards insistants vers le porte-bagages.

— Vous avez perdu quelque chose ? demandai-je.

— Est-ce que mon parapluie est là-haut ?

Je me levai pour exhumer le parapluie du porte-bagages et le lui donnai, ainsi qu'une grosse boîte à œufs en carton et un bouquet d'asters touffus, grossièrement enveloppés dans un journal. Le temps qu'elle récupère tout son bien, nous avions atteint notre destination. Le bus effectua un grand tour devant l'hôtel de ville, s'engagea sur la place du Marché et s'arrêta.

N'ayant ni panier ni objets encombrants, je fus la première à descendre. Ma grand-mère m'avait localisé et décrit le cabinet notarial, et de l'endroit où je me trouvais, je reconnus la bâtisse en pierre, carrée, située de l'autre côté de la place pavée.

Je laissai passer le flot des voitures, traversai la place et entrai dans l'immeuble. Dans le hall un panneau indiquait que Mr. D. Stewart occupait le bureau numéro trois. Je montai un escalier sombre, gaiement décoré en vert kaki et brun foncé, passai sous une fenêtre aux vitres teintées qui ne laissaient pas filtrer la moindre lumière, et frappai à une porte.

— Entrez, convia une voix.

J'entrai donc, et découvris avec soulagement que le bureau de David était clair, lumineux et orné d'un tapis. La fenêtre donnait sur la place du Marché. Sur la cheminée en marbre, il y avait un gros vase garni de marguerites d'automne, et il régnait dans la pièce une ambiance de travail chaleureuse et cordiale. Sans doute parce que c'était samedi, David portait une chemise sport à carreaux et une veste en tweed. Lorsqu'il me sourit pour m'accueillir, le poids qui m'avait pesé sur l'estomac toute la matinée s'allégea miraculeusement.

— Quel temps superbe, n'est-ce pas ? dis-je en avançant à sa rencontre.

— Bien trop beau pour travailler.

— Ça vous arrive souvent de travailler le samedi ?

— Parfois. Tout dépend de ce qu'il y a à faire. Vous seriez surprise de la masse de travail en retard que l'on peut abattre lorsqu'on est seul et que le téléphone ne sonne pas.

Il ouvrit un tiroir de son bureau et ajouta :

— J'ai changé vos dollars au taux du jour. Tenez, je vous ai fait une note.

— C'était inutile.

— Comment ? Votre sang écossais devrait vous inciter à vérifier que je ne vous ai pas roulée du moindre sou !

— Eh bien, si vous m'avez roulée, considérez que c'est votre commission !

Je tendis la main et il me remit une liasse de billets et quelques pièces de monnaie.

— Avec ça, vous pourrez faire des folies, mais je vois mal où vous allez les faire à Caple Bridge.

— C'est exactement ce que m'a dit ma grand-mère, répondis-je en fourrant l'argent dans la poche de mon imperméable de bohémienne. Elle proposait de m'emmener à Inverness mais je lui ai dit que je déjeunais avec vous.

— Vous aimez les steaks ?

— Je n'en ai pas mangé depuis mon anniversaire. Mon père m'avait invitée au restaurant. À Reef Point, nous nous nourrissions de pizzas surgelées.

— Vous en avez pour combien de temps ?

— Une demi-heure.

— C'est tout ? s'étonna David.

— J'ai horreur du shopping. Je ne trouve jamais rien à ma taille, et quand je trouve, ça ne me plaît pas. Vous allez me voir revenir avec des vêtements importables, et probablement de très mauvaise humeur.

— Je vous dirai qu'ils vous vont à ravir et je vous redonnerai le sourire, promit David en regardant sa montre. Midi, ici, ça vous convient ?

— Parfait.

Je quittai son bureau la poche pleine d'argent et me mis en quête d'un endroit où le dépenser. Il y avait des boucheries, des épiceries, des marchands de jouets, un armurier et un garage. Enfin, entre l'inévitable glacier italien que l'on trouve dans toutes les bourgades d'Écosse et la poste, je découvris la seule et unique boutique capable de m'intéresser : *ISABEL McKENZIE NOUVEAUTÉS*. Je poussai une porte vitrée, pudiquement voilée de tulle, et débouchai dans une petite pièce aux murs couverts d'étagères sur lesquelles étaient disposés des vêtements pour le moins affligeants. Il y avait aussi un comptoir-vitrine rempli de sous-vêtements couleur pêche et beige, et ici et là, artistement présentés, des pull-overs à la mine triste.

Je me sentis défaillir, mais il était trop tard pour fuir. Dans le fond de la boutique, un rideau se souleva et laissa apparaître une petite femme aux allures de souris, vêtue d'un ensemble en jersey deux fois trop grand pour elle, orné d'une énorme broche en pierre de Cairngorm.

— Bonjour, dit la femme.

Son accent révélait qu'elle était originaire d'Édimbourg et je me demandai si elle était Isabel McKenzie Nouveautés en personne et, dans ce cas, ce qui l'avait poussée à venir à Caple Bridge. Peut-être lui avait-on fait croire que le commerce de la mode y était des plus lucratifs.

— Oh... bonjour. Je... cherche un pull-over.

À peine le mot prononcé, je compris que je venais de commettre ma première erreur.

— Nous avons de très jolis *jairseys*. Vous le voulez en laine ou en bouclé ?

— En laine.

— Quelle taille ?

— Médium, je suppose.

Elle se mit alors à vider ses étagères et je me trouvai confrontée à toute une panoplie de chandails couleur vieux rose, vert mousse et brun feuille-morte.

— Vous... vous n'avez pas d'autres couleurs ?

— Quel genre de couleur cherchez-vous ?

— Eh bien... bleu marine, par exemple.

— Le bleu marine se porte très peu, cette année, affirma Isabel McKenzie.

Je me demandai d'où elle tenait cette information. Peut-être était-elle en contact direct avec Paris.

— Il y a cette ravissante teinte...

Elle exhibait un bleu pétrole, couleur qui, j'en suis convaincue, ne va avec rien ni à personne.

— Je préférerais quelque chose de plus simple... chaud, épais... un col polo, peut-être ?

— Oh, désolée, nous n'avons pas de polos. D'ailleurs les polos ne sont pas...

— Ça ne fait rien, dis-je en l'interrompant grossièrement. Vous avez peut-être des jupes ?

Et la même scène se reproduisit.

— Tartan ? Tweed ?

— Tweed, je pense.

— Quel est votre tour de taille ?

Je le lui dis, mais je commençais à m'énerver. Elle effectua quelques recherches, sortit deux modèles, et les étala devant moi avec emphase. L'une des jupes était indescriptible. L'autre, un peu moins hideuse, était à chevrons marron et blancs. J'acceptai à regret de l'essayer et me retrouvai coincée dans un espace aussi exigu qu'un placard, fermé par un rideau. Je parvins, après quelques gesticulations, à m'extraire de mes propres vêtements et enfiler la jupe. Le tweed était rêche et piquant, tellement le tissage en était grossier. Je fermai la glissière et m'examinai dans le miroir. L'effet était saisissant, j'avais des hanches éléphantesques et la ceinture me sciait la chair à hauteur de la taille, que j'avais pourtant mince.

Isabel McKenzie Nouveautés émit une toux discrète et écarta le rideau comme un conjuré en plein complot.

— Oh, vous êtes ravissante dans cette jupe ! Le tweed vous va comme un gant !

— Vous ne la trouvez pas un peu... un peu longue ?

— Les jupes se portent plus longues, cette saison, vous savez.

— Oui, mais celle-ci me couvre presque les mollets.

— Eh bien, si vous voulez, je peux vous la raccourcir un peu. C'est très chic. Il n'y a rien de plus chic que le tweed.

Pour m'enfuir, il m'aurait suffi de l'acheter. Mais

je jetai un second coup d'œil dans le miroir et fis preuve d'une courageuse détermination.

— Non. Non, je suis désolée, mais ça ne va pas. Ce n'est pas ce que je cherchais.

Je dégrafai l'horrible jupe et l'enlevai vivement, avant qu'elle ne me persuade de l'acheter, et Isabel McKenzie battit en retraite tristement, en détournant pudiquement les yeux de mon slip.

— Peut-être aimeriez-vous essayer le tartan ? Les anciennes couleurs sont très seyantes.

— Non, je vous remercie, dis-je en réenfilant à la hâte et avec soulagement ma jupe américaine « lavable à l'eau tiède » et à « séchage rapide ». Non, je crois que je vais en rester là... Je n'étais pas très décidée... Merci beaucoup.

Je remis mon imperméable, récupérai mon sac et marchai vers la porte voilée de tulle. Isabel McKenzie Nouveautés l'atteignit la première et l'ouvrit à regret, comme un chasseur libérant d'un piège un animal convoité.

— Peut-être, si vous repassez un autre jour...

— Oui, peut-être.

— Je vais recevoir ma nouvelle collection la semaine prochaine.

Direct de chez Dior, sans aucun doute, pensai-je en la remerciant encore.

Je retrouvai le grand air avec soulagement et m'éloignai le plus vite possible. Je dépassai l'armurerie puis, saisie d'une inspiration, je revins sur mes pas pour y entrer. Il me fallut à peine deux minutes pour faire l'acquisition d'un grand pull-over bleu marine d'homme. Ravie d'avoir sauver ma matinée de shopping d'un échec total, et serrant vigoureusement mon achat empaqueté, je regagnai l'étude de David.

Pendant qu'il rangeait ses papiers et ses dossiers, je m'assis sur le coin du bureau et lui racontai mon expédition. Enrichie de ses commentaires (il savait à la perfection prendre l'accent d'Édimbourg), mon histoire s'enjoliva et je la terminai en riant tellement que j'en avais mal aux côtes. Il nous fallut un moment avant de reprendre notre souffle. Après quoi David glissa quelques dossiers dans un cartable déjà bourré, et nous quittâmes son bureau pour retrouver la rue animée et baignée de soleil.

Comme il habitait à une centaine de mètres du centre de la petite ville, nous y allâmes à pied. Le vieux cartable de David battait contre ses longues jambes. De temps à autre, il nous fallait esquiver une voiture d'enfant ou deux commères en pleine discussion. Sa maison faisait partie d'une rangée de bâtisses en pierre identiques, à deux niveaux ; chacune disposait d'un petit jardin et d'une allée de graviers allant de la grille jusqu'à la porte d'entrée. À la différence de ses voisins, David avait ajouté un garage entre sa maison et la suivante, avec une allée en ciment rejoignant la rue, et sa porte d'entrée était peinte d'un jaune soleil éblouissant.

Il ouvrit la grille et je le suivis dans l'allée jusqu'à la porte. Il s'écarta pour me céder le passage et j'entrai dans un vestibule terminé par un escalier, avec des portes de chaque côté et une cuisine que l'on apercevait dans le fond par une autre porte ouverte. Tout cela aurait pu être parfaitement ordinaire, mais David — ou quelqu'un d'autre — en avait fait un endroit plein de charme, avec une tenture murale assortie à la moquette et des gravures anciennes représentant des scènes de chasse.

David me débarrassa de mon imperméable et de mon paquet pour les déposer avec son cartable sur une chaise du vestibule, puis il me fit entrer dans un salon tout en longueur, flanqué d'une fenêtre à chaque extrémité. Je pus alors apprécier la situation exceptionnelle de la petite maison : les fenêtres donnant au sud avaient été agrandies en une baie lumineuse et celle-ci ouvrait sur un long jardin qui descendait en pente douce vers la rivière.

Le salon lui-même était plein de charme : des étagères garnies de livres et de disques ; des magazines sur la table basse devant la cheminée ; des fauteuils douillets ; un petit canapé ; une vitrine ancienne remplie de porcelaine de Meissen ; et, au-dessus de la cheminée... Je m'approchai pour mieux l'examiner...

— Un Ben Nicholson ?

— Oui, acquiesça David.

— Un original ?

— Oui. Ma mère me l'a offert pour mes trente et un ans.

— À propos, cette maison me rappelle un peu l'appartement de votre mère à Londres. C'est le même genre d'atmosphère.

— Sans doute parce que les meubles proviennent plus ou moins de la même maison, à l'origine. Et puis c'est elle qui m'a aidé à choisir les rideaux et le papier.

Secrètement ravie qu'il s'agisse de sa mère et non d'une autre femme, je me dirigeai vers la fenêtre.

— Qui pourrait soupçonner l'existence d'un si joli jardin ?

Il y avait, en effet, une petite terrasse, avec une table et des sièges en bois, puis une grande pelouse, jonchée de feuilles mortes, et des massifs de fleurs encore garnis de roses tardives et de marguerites d'automne. On apercevait aussi un petit bassin pour les oiseaux et un vieux pommier incliné.

— Est-ce vous qui jardinez ?

— On ne peut guère appeler ça jardiner. Comme vous voyez, ce n'est pas très grand.

— Mais c'est ravissant, avec ces fleurs et cette rivière au bout.

— C'est ce qui m'a décidé à acheter la maison. Je

raconte à tous mes amis que j'ai une pêche sur la rivière Caple et ça les impressionne beaucoup. Je ne précise pas, bien évidemment, qu'elle mesure seulement dix mètres de large !

J'aperçus sur la bibliothèque un cadre rempli de photographies qui m'attira irrésistiblement.

— C'est votre mère, je suppose ? Et votre père ? Et là, ce petit garçon souriant d'une douzaine d'années, c'est vous ?

— Oui.

— Vous ne portiez pas de lunettes à cette époque.

— Je n'en ai porté qu'à partir de seize ans.

— Pourquoi ?

— J'ai eu un accident. Avec des camarades, nous faisions une course dans la campagne, et l'un d'eux a lâché une branche d'arbre juste devant moi ; celle-ci est venue me fouetter l'œil. Ce n'était pas de sa faute. Ça aurait pu arriver à n'importe qui. Mais j'ai perdu en partie la vision de cet œil et depuis lors je porte des lunettes.

— Quel accident malheureux !

— Oh, ce n'est pas si grave. Je peux pratiquement tout faire. Sauf jouer au tennis.

— Pourquoi ?

— Je ne sais pas. Si j'arrive à voir la balle, je ne peux pas la frapper, et si j'arrive à la frapper, je ne vois pas où je l'envoie. Dans ces conditions, le jeu devient difficile !

La cuisine était aussi petite que celle d'un yacht, et si impeccable que j'eus honte rétrospectivement de mon propre désordre. David jeta un coup d'œil dans le four pour voir l'état des pommes de terre qu'il avait mises à cuire avant de partir, puis il prit une poêle, et sortit le beurre et le paquet de viande du réfrigérateur. Il avait acheté deux magnifiques steaks très épais.

— Qui les fait cuire, vous ou moi ? demanda David.

— Vous. Pendant ce temps je vais mettre la table. Est-ce que l'on déjeune dehors ? dis-je en ouvrant la porte-fenêtre qui donnait sur la terrasse. On se croirait sur la Méditerranée.

— Si ça vous fait plaisir.

— C'est tellement agréable. On peut se servir de cette table ?

Tout en bavardant, en me mettant en travers de son chemin, en lui demandant sans cesse où se trouvait telle ou telle chose, je finis tant bien que mal par arriver à dresser la table, pendant que David préparait une salade, coupait une miche de pain français croustillant, et nous servait deux verres de porto que nous emportâmes dehors.

Il retira sa veste et étendit ses jambes devant lui, le visage tourné vers les chauds rayons du soleil.

— Parlez-moi d'hier, dit-il tout à coup.

— Hier ?

— Vous avez fait la randonnée de Lairig Ghru, ou non ?

— Oh, oui.

— Alors ?

J'essayai de lui en faire le récit mais je m'aperçus que tout avait disparu de ma mémoire hormis l'incroyable conversation avec Sinclair.

— C'était... magnifique. Vraiment merveilleux.

— Vous n'avez pourtant pas l'air très enthousiaste.

— Si... c'était merveilleux, répétai-je, à court d'adjectifs.

— Mais épuisant, je suppose.

— Oui, très fatigant.

— Combien de temps avez-vous mis ?

Là encore, la réponse me faisait défaut.

— Eh bien, nous sommes rentrés à la nuit tombante. Gibson nous attendait à Loch Morlich.

— Hum... Et que fait votre cousin Sinclair, aujourd'hui ?

Je me penchai pour ramasser un caillou et jouai avec.

— Sinclair est allé à Londres.

— À Londres ? Je le croyais en congé.

— Oui, il l'est, dis-je en ramassant un autre caillou. Mais il a reçu un coup de téléphone dans la nuit et... j'ignore pour quelle raison... il est parti en nous laissant un mot.

— En voiture ?

J'entendais encore le ronronnement de la Lotus dans la nuit.

— Oui, il a pris sa voiture. Il sera de retour dans un jour ou deux. Lundi soir, peut-être.

Je n'avais pas envie de parler de Sinclair. Je redoutais les questions de David et je m'arrangeai pour changer de sujet.

— Vous arrive-t-il vraiment de pêcher au bout de votre jardin ? J'aurais juré qu'il n'y avait pas assez de place pour lancer une ligne. Vous devez accrocher l'hameçon dans le pommier, non ?

Ainsi la conversation dévia sur la pêche. Je racontai à David nos parties de pêche dans l'Idaho, sur la Clearwater, où mon père m'avait emmenée passer des vacances.

— La rivière grouille littéralement de saumons. On pourrait presque les attraper avec un simple crochet.

— Vous aimez l'Amérique, n'est-ce pas ?

— Oui. Oui, beaucoup.

David se tut, et son silence m'encouragea à exprimer le dilemme devant lequel je me trouvais.

— C'est étrange d'appartenir à deux pays. On a l'impression de n'être adapté ni à l'un ni à l'autre. Quand j'étais en Californie, j'avais envie d'être à Elvie. Et maintenant que je suis ici...

— Vous aimeriez retourner en Californie.

— Pas exactement. Mais il y a certaines choses qui me manquent.

— Lesquelles ?

— Oh, des choses très spécifiques. Mon père, bien sûr. Et Rusty. Le bruit du Pacifique, le soir, quand les rouleaux viennent lécher la plage.

— Et les choses moins spécifiques ?

— C'est plus compliqué, dis-je en essayant de préciser ma pensée. L'eau glacée. La Compagnie du téléphone. San Francisco. Le chauffage central. Les jardineries qui vendent des plantes et des accessoires, et le parfum des orangers en fleur.

Je me tournai et croisai le regard de David qui m'observait en souriant.

— Mais il y a de bonnes choses ici, également, ajoutai-je.

— Par exemple ?

— Les bureaux de poste. À la campagne, on peut acheter n'importe quoi dans les bureaux de poste. Même des timbres ! Et aussi le temps qui varie d'un jour à l'autre. C'est beaucoup moins lassant. Et puis le thé, l'après-midi, avec les petits pains chauds, les biscuits, le pain d'épice.

— Seriez-vous en train de me rappeler, d'une manière subtile, qu'il est temps de manger ces steaks ?

— Pas consciemment, en tout cas.

— Allons-y.

Ce fut un repas délicieux, dans un décor idéal. David ouvrit une bouteille de vin rouge, complément parfait des steaks et du pain français. Ensuite : fromage et fruits frais. Je m'aperçus que j'avais une grande faim et je dévorai comme un ogre, ne laissant rien dans mon assiette. Je terminai par une orange dont le jus me dégoulina sur les doigts. Puis David alla faire du café.

— Voulez-vous prendre le café dans le jardin ? proposa-t-il par la porte ouverte.

— Oui, avec plaisir. Allons au bord de la rivière.

Je rentrai un instant pour me passer les mains à l'eau sous le robinet de l'évier.

— Vous trouverez une couverture dans le placard du vestibule, dit David. Ensuite allez vous installer au bord de l'eau, j'apporte le café.

— Et la vaisselle ?

— Laissez ça. Il fait trop beau pour perdre son temps devant un évier.

C'était exactement le genre de remarque réconfortante qu'aurait faite mon père. J'allai donc chercher la couverture et descendis au fond du jardin l'étaler sur la pelouse, au soleil, à quelques mètres de l'eau. Après la sécheresse de l'été, le niveau de la Caple était bas, et un banc de cailloux bordait le lit comme une plage miniature, entre l'eau sombre et l'herbe tendre.

Le pommier était chargé de fruits, d'autres

gisaient à terre. Je secouai le tronc et quelques pommes tombèrent sur l'herbe avec un bruit doux. Sous l'ombrage de l'arbre, il faisait frais et ça embaumait une odeur de moisi, comme dans les vieux greniers. Appuyée contre le tronc, je contemplai la rivière ensoleillée à travers l'entrelacs de branches. C'était un spectacle paisible.

Apaisée, rassérénée par la bonne chère et la compagnie de David, je sentis mon moral remonter et je pensai que c'était le moment opportun pour commencer à aborder de front mes craintes enfouies. À quoi bon les refouler et les ressasser comme on triture une dent douloureuse, et m'infliger des maux d'estomac ?

Je devais me montrer réaliste à l'égard de Sinclair. Il n'y avait aucune raison de penser qu'il refuserait d'assumer la responsabilité du bébé que Tessa Faraday allait mettre au monde. Dès son retour à Elvie, le lundi, il nous annoncerait probablement qu'il allait se marier et grand-mère serait ravie. N'avait-elle pas dit elle-même que Tessa lui était sympathique ? Quant à moi, je serais tout aussi ravie, et jamais je ne révélerais un mot de la conversation que j'avais surprise au téléphone.

Pour ce qui était de Gibson, on ne pouvait nier qu'en effet il vieillissait, et peut-être vaudrait-il mieux, pour toutes sortes de raisons, qu'il prenne sa retraite. Et s'il devait effectivement partir, grand-mère et Sinclair pourraient certainement lui trouver un petit cottage, avec un jardin où il pourrait continuer de faire pousser des légumes et élever quelques poules, afin de garder un semblant d'activité.

En ce qui me concernait, le problème était beaucoup moins facile à régler. J'aurais vraiment aimé comprendre pourquoi, la veille, Sinclair avait lancé cette idée de mariage. Peut-être était-ce tout simplement une fantaisie qui lui était passée par la tête, un divertissement digestif. Si tel était le cas, cela resterait à l'état de jeu. Mais le baiser qu'il m'avait donné n'était pas un baiser fraternel, ni un baiser de jeu. D'ailleurs son seul souvenir me troublait, d'où ma confusion. Sinclair avait-il agi ainsi délibérément pour me mettre dans l'embarras ? Il avait toujours eu l'esprit un peu tordu. Peut-être essayait-il simplement de tester mes réactions.

— Jane !

— Oui ?

Je me retournai et vis David, dans le soleil, qui m'observait. Derrière lui j'aperçus le plateau de café posé sur la couverture, et je compris qu'il m'avait déjà appelée sans que je l'entende. Il se baissa pour passer sous les branches du pommier et se tint devant moi, une main contre le tronc.

— Quelque chose ne va pas ?

— Pourquoi demandez-vous cela ?

— Vous avez l'air un peu inquiet. Et vous êtes très pâle.

— Je suis toujours pâle.

— Et toujours inquiète ?

— Je n'ai pas dit que je l'étais.

— Est-ce que... est-ce qu'il s'est passé quelque chose hier ?

— Que voulez-vous dire ?

— Rien. J'ai simplement remarqué que vous n'aviez pas très envie d'en parler.

— Il ne s'est rien passé.

J'aurais voulu m'esquiver mais le bras de David était au-dessus de mon épaule et m'interdisait la fuite, à moins de passer dessous. Il tournait légèrement la tête pour m'observer de son œil valide, et sous ce regard désormais familier et déconcertant, je sentis mes joues et ma nuque s'empourprer.

— Un jour vous m'avez avoué que vous rougissez lorsqu'il vous arrive de mentir, dit-il d'une voix douce. Je sais que quelque chose vous contrarie.

— Non, pas du tout. Ce n'est rien.

— Si vous aviez envie de m'en parler, vous le feriez, n'est-ce pas ? Je pourrais peut-être vous aider.

Je songeai à la jeune femme de Londres, à Gibson, et à moi, et toutes mes craintes affluèrent de nouveau.

— Personne n'y peut rien, soupirai-je. Personne ne peut rien y faire.

David n'insista pas. Nous quittâmes l'ombrage

du pommier pour retourner dans la lumière, et je m'aperçus que j'avais froid. Je m'assis sur la couverture tiède et bus mon café. David m'offrit une cigarette pour tenir les moustiques à distance. Au bout d'un moment, je m'étendis, la tête sur un coussin, le corps réchauffé par le soleil. J'étais fatiguée et le vin m'avait un peu grisée. Je fermai les yeux, bercée par les bruits de la rivière, et m'endormis.

Je m'éveillai une heure plus tard. À un mètre de moi, appuyé sur un coude, David lisait un journal. Je m'étirai en bâillant et remarquai :

— C'est la deuxième fois que ça se produit.

— Quoi ?

— De vous trouver en ouvrant les yeux.

— Je n'allais pas tarder à vous réveiller. Je vous ramène chez vous.

— Quelle heure est-il ?

— Trois heures et demie.

— Vous reviendrez prendre le thé avec nous, ce soir ? Ma grand-mère serait ravie.

— Ce serait avec plaisir, mais je dois rendre visite à un vieux célibataire qui vit dans la région. Périodiquement il se tourmente au sujet de son testament et je dois aller le réconforter.

— C'est un peu comme le climat écossais.

— Que voulez-vous dire ?

— Un jour vous êtes à New York, occupé à je ne

sais quelle affaire, et la semaine suivante vous allez dans un coin reculé de la campagne écossaise pour apaiser les tourments d'un vieux monsieur. Ça vous plaît d'être notaire de campagne ?

— À la vérité, je crois que oui.

— Ça vous va à la perfection. On dirait que vous avez vécu là toute votre vie. Et votre maison, ce jardin... tout est en harmonie, comme si quelqu'un vous avait réunis à dessein.

— Vous aussi, vous êtes en harmonie, dit David.

J'attendis avec impatience qu'il développe davantage cette idée, et il parut sur le point de le faire pendant un instant, mais il se ravisa et, au lieu de cela, il se leva et ramassa le plateau de café pour le rapporter dans la cuisine. Quand il revint, je rêvassais encore sur la couverture, en contemplant la rivière. David me prit sous les aisselles pour me relever et, en me retournant, je me trouvai dans le cercle de ses bras.

— C'est la deuxième fois que cela se produit.

— Oui, mais la première fois vous aviez le visage bouffi de larmes. Aujourd'hui...

— Aujourd'hui ?

— Aujourd'hui vous avez récolté des dizaines de taches de rousseur supplémentaires ! répondit-il en riant. Et aussi des brins d'herbe dans les cheveux.

David me reconduisit à Elvie. Sa voiture était décapotée et il sortit un foulard en soie de la boîte à gants pour que je le noue autour de mes cheveux.

En arrivant aux travaux près du pont, le feu était rouge et David dut s'arrêter pour laisser passer la file de voitures qui roulaient en sens inverse.

En observant la manœuvre, il remarqua :

— Je ne peux m'empêcher de penser qu'au lieu de couper ce virage, ils auraient mieux fait de démolir le pont et d'en construire un autre.

— Ce serait dommage, le pont est ravissant.

— Très dangereux, Jane.

— Tout le monde le connaît et roule au ralenti.

— Les gens de la région, oui. Mais l'été, un conducteur sur deux est un touriste.

Le feu passa au vert et il redémarra, sous un grand panneau indiquant : DOS-D'ÂNE.

— Qu'est-ce qu'on leur met sur le dos, aux pauvres ânes !

Un long silence suivit ma boutade et je me sentis embarrassée, comme chaque fois que je crois faire de l'humour et que personne ne réagit. Mais je me trompais car David remarqua :

— L'âne n'est pas toujours celui qu'on croit. Ils auraient dû songer qu'un âne peut en cacher un autre.

Là-dessus, David franchit le pont, puis, le passage dangereux passé, il écrasa la pédale d'accélérateur et le vent rugit à mes oreilles jusqu'à Elvie.

Plus tard, dans l'après-midi, j'exhibai devant ma grand-mère mon unique achat de la matinée : le pull bleu marine de la boutique d'armurerie.

— Je t'admire d'avoir réussi à dénicher quelque chose à Caple Bridge, me félicita ma grand-mère en examinant le tricot informe. Il a l'air très chaud. Avec quoi vas-tu le porter ?

— Un pantalon, je pense. Je voulais m'acheter une jupe mais je n'ai rien trouvé.

— Quel genre de jupe ?

— Quelque chose de chaud, je n'ai pas d'idée précise. La prochaine fois que tu iras à Inverness...

— Que dirais-tu d'un kilt ?

Évidemment je n'y avais pas pensé. C'était une très bonne idée. Il n'y a rien de plus confortable qu'un kilt, et les couleurs en sont toujours très harmonieuses.

— D'accord, mais où vais-je acheter un kilt ?

— Voyons, ma chérie, il est inutile d'en acheter, la maison en est pleine. Sinclair porte des kilts depuis qu'il est en âge de marcher et nous n'en avons jeté aucun.

J'avais oublié ce détail fort pratique qu'un kilt, à l'inverse d'une bicyclette, est unisexe.

— C'est une excellente idée ! Pourquoi n'y avons-nous pas pensé plus tôt ? Je vais aller chercher ça tout de suite. Où sont-ils rangés ? Dans le grenier ?

— Pas du tout. Ils sont dans la chambre de Sinclair, tout en haut de la penderie. Je les ai emballés avec de la naphtaline pour les protéger des mites. Si tu en prends un, il faudra l'aérer pour enlever l'odeur, mais il sera comme neuf.

Je ne voulais pas perdre une minute et partis sur-le-champ à la recherche d'un kilt. La chambre de Sinclair, momentanément désertée par son occupant, avait été nettoyée et rangée. Rien ne traînait. L'ordre avait toujours été une caractéristique de Sinclair. Étant enfant, déjà, il ne supportait pas le désordre, il pliait ses vêtements tout seul et rangeait ses jouets.

J'approchai une chaise de la penderie aménagée dans l'alcôve jouxtant la cheminée. Tout en haut, on rangeait les valises ou les vêtements qui n'étaient pas de saison. Je grimpai sur la chaise et ouvris les portes. Il y avait une pile de livres et de magazines bien rangés, une raquette de squash, une paire de palmes. Une forte odeur de naphtaline se dégageait d'une housse à vêtements soigneusement fermée par un cordon. Je tirai sur la housse afin de la descendre, mais elle pesait un bon poids et, dans l'effort, mon coude heurta les livres, qui dégringolèrent sans que je puisse les rattraper et s'éparpillèrent en vrac sur le sol avec un grand bruit.

Je poussai un juron, réussis enfin à descendre mon fardeau que je déposai sur le lit, et m'agenouillai pour ramasser les livres épars. Il s'agissait surtout de manuels scolaires, un thesaurus, *Le Petit Larousse*, une vie de Michel-Ange, et...

C'était épais et lourd, relié en cuir rouge, la couverture armoriée d'un écusson, et le titre gravé à l'or fin sur le dos : *Histoire de la terre et de la nature vivante*, Tomes I et II.

Je connaissais cet ouvrage. Et soudain je me remémorai... J'avais six ans. Mon père l'avait rapporté d'une de ses expéditions épisodiques dans la boutique de livres d'occasion de Mr. McFee, à Caple Bridge. Mr. McFee était décédé longtemps et sa boutique depuis avait été transformée en débit de tabac. Mais à l'époque mon père passait des heures à discourir avec le vieux libraire, un excentrique chaleureux, totalement dénué de principes rigides quant au désordre et à la poussière, et qui flânait inlassablement parmi ses étagères surchargées de livres poussiéreux.

Mon père avait déniché *La Nature vivante* de Goldsmith par un pur coup de chance, et l'avait rapporté triomphalement à la maison. Non seulement c'était un ouvrage rarissime, mais, relié et armorié par son noble propriétaire, il était devenu en soi un bel objet. Ravi et impatient de partager son plaisir, mon père s'était précipité pour nous le faire admirer. J'imagine que ma propre réaction l'avait déçu. J'avais caressé le cuir fin de la reliure, regardé une ou deux images représentant des éléphants d'Asie, et j'étais retournée à mon puzzle.

Mais Sinclair avait réagi tout autrement. Mon

cousin adorait ce genre de choses, les gravures anciennes, les pages épaisses, les aquatintes, les dessins très détaillés. Il aimait l'odeur de vieille encre, le papier marbré des reliures, et même le poids des livres anciens.

L'apport d'une telle rareté à la collection de mon père méritait un certain cérémonial. Il alla donc chercher l'un de ses ex-libris, une vignette avec ses initiales entrelacées dans des motifs floraux très décoratifs, et l'apposa d'un geste solennel sur la page de garde de *La Nature vivante* de Goldsmith. Le rite se déroula dans le silence, sous les regards attentifs de Sinclair et de moi-même. À la suite de quoi je poussai un soupir de soulagement, car l'opération avait été effectuée avec une réussite parfaite et parce qu'elle prouvait, sans l'ombre d'un doute, que le livre appartenait désormais à mon père.

L'ouvrage fut ensuite descendu sur la table du salon, où il pouvait être admiré, feuilleté, compulsé. On cessa d'en parler jusqu'au jour où mon père s'aperçut qu'il avait disparu.

Personne ne s'en alarma. *La Nature vivante* de Goldsmith avait sans doute simplement été déplacée, ou bien empruntée. Mais personne n'avait emprunté le livre. Mon père commença à poser des questions. Sans résultat. Ma grand-mère entreprit à son tour des investigations, mais le livre demeurait introuvable.

On nous interrogea. Sinclair ou moi avions-nous par hasard aperçu le livre quelque part ? Non, bien entendu. Et jamais notre parole ne fut mise en doute. Ma mère émit alors l'hypothèse d'un voleur, ce que ma grand-mère réfuta d'un air dédaigneux. Quel voleur négligerait l'argenterie ancienne pour se contenter d'un simple livre ? Non, selon elle, *La Nature vivante* de Goldsmith était tout bonnement égarée et réapparaîtrait un jour ou l'autre. Comme toute énigme irrésolue, le mystère mourut de sa belle mort, et le livre ne fut jamais retrouvé.

Jusqu'à aujourd'hui ! Il était toujours aussi beau, avec son cuir rouge et lisse si doux au toucher, et ses lettres dorées à l'or fin. En le soupesant, je me rappelai l'ex-libris de mon père et je l'ouvris. Mais les initiales enluminées qui figuraient autrefois sur la vignette avaient été grattées avec soin, probablement à l'aide d'une lame de rasoir, et sur le carré blanc, de l'écriture noire et décidée d'un garçon de douze ans, étaient maintenant tracés ces mots :

Ce livre appartient à :
SINCLAIR BAILEY
Elvie

9

Le beau temps continuait. Le lundi après-midi, armée d'une bêche et d'une paire de gants de jardinage, ma grand-mère sortit planter des bulbes. J'offris mon aide mais elle la déclina, prétextant que nous serions tentées de bavarder et que le travail n'avancerait pas. Elle irait plus vite toute seule. Nullement vexée par son rejet — le jardinage ne me passionne pas outre mesure —, je sifflai les chiens et partis me promener.

Je parcourus des kilomètres et restai absente plus de deux heures. À mon retour, le soleil commençait à décliner et la fraîcheur à tomber. Quelques nuages étaient apparus au sommet des montagnes, poussés par le vent du nord, et des traînées de brume planaient au-dessus au lac. Du jardin clos, où Will avait allumé un feu, s'élevait un long panache de fumée bleue, et l'air était imprégné de l'odeur de bois brûlé. Les mains enfoncées dans mes poches et rêvant d'un bon thé près de la cheminée, je traversai la digue et longeai la route sous les hêtres rouges. L'un des chiens se mit à japper et, en levant les yeux, j'aperçus la Lotus jaune garée devant la maison.

Sinclair était de retour. Je regardai ma montre. Cinq heures. Il était rentré plus tôt que prévu. Je traversai la pelouse couverte d'un tapis de feuilles mortes où l'on s'enfonçait jusqu'aux chevilles, et remontai l'allée de graviers. En passant à côté de la voiture, je caressai l'un des gros pare-chocs comme pour m'assurer qu'elle était vraiment là. J'entrai dans le vestibule imprégné de l'odeur de tourbe brûlée, attendis les chiens, et refermai la porte.

Des voix me parvenaient du salon. Les chiens filèrent se désaltérer dans la cuisine et revinrent s'affaler devant la cheminée du hall. Je défis la ceinture de mon imperméable, l'enlevai, ôtai mes chaussures boueuses, et glissai les mains dans mes cheveux pour leur redonner forme. Ensuite je traversai le hall et ouvris la porte du salon.

— Bonsoir, Sinclair.

Ils étaient près de la cheminée, devant une table basse où était servi le thé. Sinclair se leva pour venir m'accueillir.

— Janey ! Où étais-tu passée ? dit-il en m'embrassant.

— Je me suis promenée.

— Il fait presque nuit. On te croyait perdue.

Je levai les yeux sur lui. Je ne sais pourquoi, j'avais imaginé le retrouver différent. Moins volubile, fatigué de sa longue course en voiture, plus soucieux, chargé du poids de ses nouvelles responsabilités. Mais de toute évidence je m'étais trompée. Sinclair paraissait plus gai, plus jeune et plus insouciant que jamais. Il y avait même en lui une sorte d'excitation, digne de celle d'un enfant la veille de Noël.

— Tu as les mains glacées, dit-il en les prenant dans les siennes. Viens te réchauffer près du feu. Je t'ai laissé un toast, mais je suis sûr que si tu as faim, Mrs. Lumley se fera un plaisir de t'en faire d'autres.

— Non, ça me suffit, dis-je en tirant un pouf pour m'asseoir entre eux deux.

— Où es-tu allée, ma chérie ? s'enquit ma grand-mère.

Je le lui dis et elle s'inquiéta des chiens.

— Tu leur as donné à boire ? Est-ce qu'ils sont rentrés mouillés et crottés ? Tu les as séchés ?

Je la rassurai : je leur avais bien donné à boire, ils n'étaient ni mouillés ni crottés et donc je n'avais pas eu besoin de les sécher.

— Nous ne sommes pas allés dans les marais et j'ai enlevé les feuilles de leurs poils avant de rentrer.

Elle me tendit une tasse de thé, que je pris à deux mains pour réchauffer mes doigts engourdis, et je me tournai vers Sinclair.

— Et Londres, c'était comment ?

— Chaud et étouffant. Et plein d'hommes d'affaires épuisés, étriqués dans leur costume d'hiver.

— As-tu... conclu l'affaire qui t'amenait là-bas ?

— C'est un bien grand mot.

— Alors ?

— Oui, j'ai réglé le problème. Sinon je ne serais pas là.

— Quand... quand as-tu quitté Londres ?

— Tôt ce matin. Vers six heures. Grand-mère, reste-t-il encore un peu de thé ?

Elle souleva le couvercle de la théière pour vérifier et répondit :

— Très peu, je vais aller en faire d'autre.

— Appelle Mrs. Lumley.

— Non, elle a mal aux jambes. Je vais m'en occuper. D'ailleurs il faut que je discute avec elle du dîner. Nous faisons un faisan en cocotte.

— Hum, délicieux, le faisan en cocotte, dit Sinclair lorsqu'elle fut partie.

Et il prit mon poignet entre ses doigts, comme un bracelet. Son contact était doux et léger.

— Il faut que je te parle.

— À quel sujet ?

— Pas ici. Je te veux pour moi seul. Je pensais que, après le thé, nous pourrions faire un tour en voiture. Au sommet du Bengairn, par exemple, pour admirer la lune se lever. D'accord ?

Je me dis que s'il voulait me parler de Tessa, la Lotus était un confessionnal qui en valait un autre. J'acceptai donc.

Rouler dans une Lotus Élan était pour moi une expérience nouvelle. Attachée à mon siège par la ceinture de sécurité, j'avais l'impression de décoller en direction de la lune, et la vitesse à laquelle Sinclair démarra ne fit rien pour dissiper cette impression. Le moteur vrombissant, il s'arrêta un instant au croisement de la route principale avant de s'y élancer. L'aiguille du compteur atteignit le cent vingt en quelques secondes, et les champs, les haies, les repères familiers, se mirent à défiler et se brouillèrent en une image floue, vertigineuse.

— Est-ce que tu conduis toujours aussi vite ?

— Voyons, chérie, ce n'est pas ce qu'on appelle rouler vite.

Je ne tentai pas d'argumenter. Bientôt (presque tout de suite, me sembla-t-il), nous arrivâmes au pont en dos d'âne. Sinclair ralentit légèrement. La Lotus bondit sur le pont, laissant mon estomac soulevé, puis fonça vers les travaux. Le feu étant vert, Sinclair accéléra, et nous débouchâmes de l'autre côté bien avant qu'il ne soit redevenu rouge.

Puis ce fut Caple Bridge et la vitesse limitée à cinquante à l'heure. Par déférence pour l'agent de police et à mon grand soulagement, Sinclair ralentit et traversa le bourg à la vitesse réglementaire, mais à peine dépassée la dernière maison, il accéléra à nouveau. Il n'y avait pas de circulation. La route s'incurvait légèrement devant nous. La voiture bondissait comme un cheval dont on aurait lâché la bride.

Ensuite nous arrivâmes à notre embranchement, et nous prîmes une petite route de traverse escarpée qui conduisait directement au sommet du Bengairn. Les champs cultivés et les prés dégringolaient à flanc de montagne. Une fois passé la grille qui empêchait le bétail d'aller sur la route, nous pénétrâmes dans la lande marécageuse, où l'herbe brune était tachetée de bruyère et peuplée de moutons à face noire. L'air froid embaumait la tourbe. Une bande de brume s'étirait plus loin devant nous. Sinclair arrêta la Lotus, sur un terre-plein, et coupa le moteur.

Un vaste panorama s'offrait à nous : la vallée paisible, un ciel turquoise clair, teinté, à l'ouest, par le rose du couchant. Tout en bas, Elvie Loch reposait, immobile et scintillant comme un joyau, la rivière Caple formait un ruban argent. Tout était calme. Seuls le vent qui jouait avec la voiture et le cri des courlis troublaient le silence.

Sinclair défit sa ceinture de sécurité et, voyant que je ne bougeais pas, se pencha pour dégrafer la mienne. Puis, sans un mot, il prit mon visage entre ses mains et m'embrassa. Je le repoussai doucement et dis :

— Tu voulais me parler, je crois.

Il sourit, pas du tout dépité, et se souleva pour fouiller dans sa poche.

— J'ai quelque chose pour toi.

Il sortit une petite boîte, l'ouvrit, et il me sembla que le ciel tout entier se reflétait dans les diamants qui jetaient mille feux.

J'eus l'étrange sensation de rouler au bas d'une pente escarpée. Je me redressai, étourdie, hébétée, stupide, et quand enfin la parole me revint, je murmurai :

— Mais... Sinclair, ce n'est pas pour *moi*.

— Évidemment, c'est pour toi ! Tiens.

Il sortit la bague, jeta négligemment la boîte sur le tableau de bord et prit ma main gauche. Avant que je puisse réagir, il avait glissé l'anneau à mon annulaire. J'essayai de me dégager mais il tenait fermement ma main, tellement serrée que la bague me blessa.

— Sinclair, cette bague *ne peut pas* être pour moi.

— Si, elle est pour toi. Uniquement pour toi.

— Nous devons avoir une conversation, Sinclair.

— C'est bien pour cela que je t'ai amenée ici.

— Non. Je veux que tu me parles de Tessa Faraday.

Si j'avais cru le surprendre, je m'étais trompée.

— Que sais-tu de Tessa ? demanda-t-il d'un ton indulgent, pas du tout contrarié.

— Je sais qu'elle va avoir un enfant. Ton enfant.

— Et comment l'as-tu appris ?

— La nuit où elle a téléphoné, j'ai entendu la sonnerie et j'ai voulu aller répondre sur le poste de l'étage. Mais tu avais déjà décroché et je l'ai entendue... Je l'ai entendue te dire...

— Alors c'était toi ? dit-il d'un ton soulagé, comme s'il était satisfait d'avoir résolu un petit mystère. Il me semblait bien, en effet, avoir entendu un déclic sur la ligne. C'est très délicat de ta part de n'avoir pas écouté la fin de la communication.

— Que comptes-tu faire, Sinclair ?

— Moi ? Rien du tout.

— Mais cette femme est enceinte de toi !

— Chérie, qui peut affirmer que l'enfant est de moi ?

— Il *pourrait* être le tien, c'est suffisant.

— Oh, oui, il pourrait. Mais ça ne prouve pas qu'il le soit. Et je n'ai pas l'intention de payer pour l'imprudence d'un autre.

Je songeai à Tessa Faraday et à l'image que je m'étais faite d'elle. Cette jolie jeune femme gaie et pétulante, riant au bras de Sinclair. La championne de ski talentueuse, adulée par ses admirateurs. La jeune femme comblée, déjeunant au Connaught avec ma grand-mère. « Une fille charmante », avait dit celle-ci, qui se trompait rarement sur les gens. Rien de tout cela ne collait avec le tableau qu'essayait de me brosser mon cousin.

— Est-ce en ces termes que tu lui as parlé, Sinclair ?

— À peu près, oui.

— Qu'a-t-elle répondu ?

— Que si c'était ce que je pensais, elle prendrait d'autres dispositions.

— Et tu en es resté là ?

— Oui. Nous en sommes restés là. Ne sois pas naïve, Jane. Tessa connaît la vie, c'est une fille intelligente.

Pendant tout ce temps, Sinclair avait gardé ma main serrée. Enfin il relâcha un peu son étreinte et je pus délier mes doigts engourdis. Il prit la bague entre le pouce et l'index et la tourna doucement.

— De toute façon, je lui ai dit que j'allais t'épouser.

— Tu lui as dit *quoi* ?

— Oh, chérie, écoute-moi. Je lui ai dit que j'allais t'épouser et que...

— Mais tu n'avais aucun droit de lui dire une chose pareille ! Tu ne m'as même pas demandé mon avis !

— Bien sûr que si, je te l'ai demandé ! Tu as oublié notre discussion de l'autre jour ? Que croyais-tu que je faisais ?

— Que tu jouais la comédie.

— Eh bien non, je ne jouais pas. D'ailleurs tu le sais très bien.

— Sinclair, tu n'es pas amoureux de moi.

— Mais je t'aime, dit-il d'un ton mesuré et raisonnable. Je t'ai retrouvée, ici à Elvie, et c'est la meilleure chose qui me soit arrivée. Il y a tant de fraîcheur en toi, Jane. Tu peux être naïve comme un enfant et, l'instant d'après, d'une surprenante sagesse. Et puis tu me fais rire. Et je te trouve délicieusement séduisante. Et tu me connais mieux que je ne me connais moi-même. Tu ne trouves pas que tout ça vaut mieux que d'être simplement amoureux ?

— Quand on épouse quelqu'un, c'est normalement pour la vie, Sinclair.

— Et alors ?

— Tu as certainement été amoureux de Tessa Faraday, et maintenant tu ne veux plus entendre parler d'elle.

— Jane, c'était complètement différent.

— Pourquoi différent ? Je ne vois aucune différence.

— Tessa est attirante, gaie, facile à vivre, et je me suis beaucoup plu en sa compagnie... mais de là à passer le restant de ma vie avec elle, non.

— Elle va avoir un enfant pour le restant de sa vie, Sinclair.

— Je te le répète, il n'est sûrement pas de moi.

Il était évident que, vu sous cet angle, Sinclair se considérait comme inattaquable. J'essayai donc une autre tactique.

— Supposons, Sinclair, que je ne veuille pas t'épouser. Comme je te l'ai déjà fait remarquer l'autre jour, nous sommes cousins germains.

— Ces choses-là arrivent.

— Nous sommes trop proches. Jamais je ne prendrais ce risque.

— Je t'aime, dit Sinclair.

C'était la première fois que j'entendais ces mots. Je l'avais souvent imaginé, dans mes rêveries d'adolescente, mais jamais comme cela.

— Moi, Sinclair, je... je ne t'aime pas.

— Tu manques de conviction, remarqua-t-il en souriant.

— Pourtant c'est vrai. Je ne t'aime pas.

— Même pas assez pour... m'aider ?

— Oh, Sinclair, tu n'as pas besoin d'aide dans ce domaine !

— C'est là où tu te trompes. J'ai terriblement besoin d'aide. Si tu ne m'épouses pas, tout mon univers va s'écrouler.

Ça ressemblait à une déclaration d'amour, et pourtant je n'avais pas le sentiment que c'était dit avec amour.

— Tu parles au sens propre, n'est-ce pas ?

— Comme tu es perspicace, ma chérie. Oui, c'est exact.

— Pourquoi ?

Tout à coup Sinclair parut perdre patience. Il

lâcha ma main comme si elle l'encombrait et chercha ses cigarettes pour faire diversion. Il les trouva dans sa poche de manteau. Il en prit une, l'alluma avec l'allume-cigares, et répondit enfin :

— Oh, parce que.

— Parce que quoi ? insistai-je.

— Parce que j'ai des dettes par-dessus la tête, voilà pourquoi, soupira Sinclair. Je dois rembourser l'argent que je dois, ou bien trouver quelqu'un à qui l'emprunter, or je n'ai ni l'un ni l'autre. Et si l'affaire s'ébruite, ce qui risque fort de se produire, je serai convoqué sans tarder chez mon directeur, qui m'informera avec regret qu'il se passera de mes services.

— Tu veux dire que tu vas perdre ta situation ?

— Non seulement elle est perspicace, mais elle comprend vite !

— Mais... comment as-tu contracté ces dettes ?

— À ton avis ? Les courses, les cartes.

À première vue, ça me semblait bien inoffensif.

— Je ne comprends pas très bien. Combien as-tu perdu d'argent ?

Il me dit une somme qui me parut exorbitante. Je n'arrivais même pas à concevoir que l'on pût posséder autant d'argent. Donc encore moins le devoir !

— Tu dois avoir perdu l'esprit ! Comment est-ce possible, simplement en jouant...

— Oh, pour l'amour du ciel, Jane, redescends

sur terre ! Dans les cercles de jeu londoniens, on peut perdre une somme pareille en une seule soirée. Moi, ça m'a pris deux ans.

Il me fallut quelques secondes pour prendre conscience qu'un homme était capable d'une telle folie. Moi qui trouvais que mon père n'avait aucune notion de l'argent !

— Grand-mère ne peut pas t'aider ? Te prêter ce que tu dois ?

— Elle l'a déjà fait, par le passé. Sans grand enthousiasme d'ailleurs.

— Tu veux dire que ce n'est pas la première fois ?

— Non, Jane, ce n'est pas la première fois. Et cesse de prendre cet air choqué et ahuri. De toute façon, notre grand-mère ne dispose pas d'une grosse somme d'argent en liquide. Elle appartient à une génération qui capitalise. Tous ses biens sont placés en valeurs mobilières, investis dans des affaires, ou dans la terre.

— Et si elle vendait un peu de terre, justement ? dis-je d'un ton pensif. La réserve de chasse, par exemple ?

Sinclair me jeta un coup d'œil où se lisait une sorte de respect circonspect.

— J'y ai déjà pensé. J'ai même contacté un groupe d'Américains très désireux d'acquérir le domaine. Et, s'ils ne peuvent l'acheter, du moins ils pourraient le louer à un prix très avantageux pour nous. Pour être honnête, Jane, c'est la raison pour laquelle j'avais pris ce congé. Je voulais essayer de persuader grand-mère. Évidemment, elle ne veut pas en entendre parler ! Pourtant, je ne vois vraiment pas quel bénéfice elle tire de ce terrain.

— Il est déjà loué.

— Pour des clopinettes. Le loyer que verse cette société de chasse minable paye à peine les cartouches de Gibson.

— Et Gibson ?

— Qu'il aille au diable ! De toute façon il est fini. Il est temps qu'il prenne sa retraite.

Le silence retomba à nouveau. Sinclair fumait et moi, à côté de lui, j'essayais fébrilement de mettre mes idées au clair. Ce qui me surprenait le plus, ce n'était pas son absence de cœur — que je soupçonnais déjà — ni le fait qu'il se soit mis dans une situation aussi scabreuse, mais qu'il fasse preuve d'une telle franchise à mon égard. Soit il avait abandonné sa folle idée de mariage, soit il éprouvait pour lui-même un mépris sans bornes.

La colère commençait à monter en moi. Je perds rarement mon sang-froid, et quand cela arrive c'est avec une certaine lenteur, mais une fois passée la limite, je peux devenir très violente. Sachant cela et préférant éviter un tel débordement, j'étouffai mes pulsions dans l'œuf et me concentrai avec application pour garder l'esprit froid et lucide.

— La décision de vendre une partie des terres devrait t'appartenir aussi, dis-je. Après tout, le domaine te reviendra un jour. Si tu désires te séparer de quelques parcelles maintenant, il me semble que ça te regarde.

— Qu'est-ce qui te fait dire que j'hériterai d'Elvie ?

— C'est évident, voyons. Tu es l'unique petit-fils de grand-mère.

— Tu parles comme si c'était un héritage de droit, comme si le domaine se transmettait de père en fils. Mais ce n'est pas le cas. Le domaine appartient à notre grand-mère, et si l'envie lui prend, elle peut très bien en faire un refuge pour chats !

— Pourquoi ne te le léguerait-elle pas ?

— Parce que, ma chère, je suis le fils de mon père.

— Ce qui signifie ?

— Que je suis un vaurien, un mouton noir. Un vrai Bailey, en d'autres termes.

Je le dévisageai sans rien dire, et tout à coup Sinclair éclata d'un rire déplaisant.

— Comment, innocente petite Jane ! Personne ne t'a parlé de ton bon oncle Aylwyn ? Ton père ne t'en a rien dit ?

— Non.

— Moi, j'ai été mis au courant le jour de mes dix-huit ans. Une sorte de cadeau d'anniversaire empoisonné. En réalité, Aylwyn n'était pas seulement incompétent mais aussi malhonnête. Il a passé cinq de ses années au Canada dans une prison. Pour fraude, détournement de fonds, et Dieu sait quelle autre escroquerie. Tu ne t'es jamais étonnée de son absence plus que douteuse ? Jamais de visites, très peu de lettres, pas une seule photo de lui dans la maison ?

C'était en effet si évident que je m'étonnais de n'avoir jamais deviné la vérité toute seule. La conversation avec ma grand-mère, quelques jours plus tôt, me revint en mémoire : *il a choisi de vivre au Canada et d'y mourir. Elvie n'a jamais beaucoup compté pour Aylwyn... Sinclair lui ressemble beaucoup. C'était un homme très séduisant.*

— Mais pourquoi n'est-il jamais revenu ? demandai-je assez sottement.

— Je suppose qu'il vivait sur les rentes que lui versait sa famille. Notre grand-mère a probablement jugé qu'il valait mieux pour moi ne pas subir sa mauvaise influence, dit Sinclair en baissant sa vitre pour jeter sa cigarette à demi consumée. Mais à en juger par la façon dont les choses ont tourné, ça n'a pas fait une grande différence. J'ai tout simplement hérité de la tare familiale. Et il faut endurer ce qu'on ne peut soigner.

— Tu veux dire que tout le monde est obligé de l'endurer !

— Oh, je t'en prie, Jane ! Ce n'est pas facile pour moi non plus. Tu sais, c'est curieux que tu aies fait allusion à l'héritage d'Elvie parce que, l'autre soir, quand je discutais avec grand-mère de l'éventualité de vendre la lande et de nous séparer de Gibson, j'ai sorti cette carte de ma manche, mon dernier atout : « Elvie sera à moi un jour ou l'autre. Donc je peux décider maintenant de ce que je veux en faire. » Tu sais ce que grand-mère m'a répondu ? dit Sinclair en se tournant vers moi avec un sourire désarmant.

— Non.

— Elle m'a dit : « C'est là où tu fais erreur, Sinclair. Elvie ne représente rien d'autre pour toi qu'une source de revenus. Tu as fait ta vie à Londres et jamais tu ne reviendras habiter ici. Elvie ira à Jane. »

Cette fois, tout était clair. Sinclair venait de me donner la dernière pièce du puzzle et le tableau était complet.

— Maintenant je comprends pourquoi tu voulais m'épouser. Tu voulais mettre la main sur Elvie.

— C'est une façon un peu crue de dire les choses, mais...

— Un peu crue !

— Mais c'est l'idée générale, en effet. Cela s'ajoute à toutes les autres raisons que je t'ai déjà données, bien entendu. Qui sont réelles, vraies et parfaitement sincères.

Je crois que ce sont ces derniers mots qui me firent perdre le contrôle de moi-même.

— Réelles, vraies et sincères ! Sinclair, tu ne connais même pas le sens de ces mots. Comment oses-tu les utiliser après m'avoir dit tout cela ?

— Après t'avoir parlé de mon père ?

— Non, ton père n'a rien à voir. Je me fiche de ton père, et de toi aussi. Et je me fiche d'Elvie. Je ne veux pas d'Elvie. Même si grand-mère me le lègue, je le refuserai. Mais en tout état de cause, je préférerais y mettre le feu, m'en débarrasser à n'importe quel prix, plutôt que de te voir mettre la main dessus.

— Ce n'est pas très charitable.

— Je me moque d'être charitable. Tu ne mérites pas la charité. Tu es obsédé par le goût de possession. Tu l'as toujours été. Il fallait toujours que les choses t'appartiennent, et si elles n'étaient pas à toi, tu les prenais. Quand tu étais petit, c'étaient les trains électriques, les bateaux, les battes de cricket, les pistolets. Maintenant, ce sont les belles voitures, les appartements à Londres, l'argent, l'argent, et encore l'argent. Tu n'es jamais satisfait. Même si je cédais à tous tes désirs, t'épouser, te donner Elvie, le contenu et le contenant, ça ne te suffirait pas...

— Tu commences à perdre le sens des réalités, Jane.

— Je ne crois pas. Ce n'est pas le terme approprié. En fait, l'important dans la vie est d'avoir des priorités et de comprendre que les personnes comptent davantage que les biens matériels.

— Les personnes ?

— Mais oui, les gens. Tu sais bien... les êtres humains, qui ont des sentiments et des émotions, toutes choses que tu sembles avoir oubliées. Si toutefois elles ont jamais existé pour toi. Les gens comme ta grand-mère, comme Gibson, et cette femme, Tessa, qui porte ton enfant. Et ne me dis pas que ce n'est pas ton enfant, parce que je sais que c'est le tien, et tu le sais aussi, ce qui est plus grave. Une fois que les gens t'ont donné ce que tu attendais d'eux, ils t'encombrent et tu les élimines de ta vie sans ménagement.

— Pas toi, Jane. Je ne t'éliminerai pas. Je t'emmènerai avec moi.

— Certainement pas !

La bague était trop serrée. Je me blessai en la retirant, et me retins de justesse de la lui jeter à la figure. Je pris la petite boîte, glissai la bague dans l'encoche de velours noir, la refermai d'un coup sec, et la lançai sur le tableau de bord.

— Tu avais raison en disant que nous nous aimions, Sinclair. C'est vrai, je t'aimais, et j'ai toujours pensé que tu étais l'être le plus merveilleux de la terre. Malheureusement, tu es non seulement devenu l'être le plus méprisable, mais aussi le plus stupide. Tu as dû perdre la tête pour imaginer que j'allais entrer dans ton jeu. Comment as-tu pu me prendre pour une demeurée ?

À mon grand désespoir, j'entendis ma voix commencer à trembler. Je me rejetai contre mon siège. J'aurais voulu être dehors, à l'air frais, ou dans une immense pièce où j'aurais pu hurler à ma guise, briser des objets et m'abandonner à une crise de nerfs. Mais j'étais prisonnière de la voiture.

Sinclair poussa un soupir et dit :

— Qui aurait pu soupçonner que tu reviendrais d'Amérique avec de tels principes !

— Mon attitude n'a aucun rapport avec l'Amérique. Je suis comme j'ai toujours été. Et maintenant je veux rentrer à la maison, ajoutai-je en sentant mes yeux se remplir de larmes.

Dans l'impossibilité de me retenir, je me mis à pleurer. Bien entendu, je n'avais pas de mouchoir, et je dus me résigner à accepter celui que Sinclair me tendait en silence.

Je m'essuyai les yeux et me mouchai, et pour je ne sais quelle raison ridicule, ce geste très banal brisa la tension entre nous. Sinclair alluma deux cigarettes et m'en offrit une. La vie reprit son cours. Je m'aperçus que la nuit était tombée pendant que nous parlions, et que le croissant de la lune, fin et arrondi, s'élevait à l'est. Mais la brume, qui était mollement descendue du sommet de la montagne, en estompait la clarté et nous enveloppait.

Je me mouchai à nouveau et demandai :

— Que vas-tu faire ?

— Dieu seul le sait.

— Peut-être pourrions-nous en parler à David Stewart...

— Pas question.

— Ou à mon père. Il n'a pas le sens pratique, mais il est de bon conseil. On peut lui téléphoner...

— Non.

— Mais enfin, Sinclair...

— Tu avais raison. Il est temps de rentrer à la maison, dit-il en mettant le contact.

Le ronronnement du moteur recouvrit tous les autres bruits.

— Nous nous arrêterons en chemin pour boire un verre à Caple Bridge. Je crois que nous en avons besoin tous les deux. Moi, en tout cas. Quant à toi, tu pourras en profiter pour te refaire une beauté avant de te présenter devant grand-mère.

— Pourquoi ?

— Tu as le visage bouffi et chiffonné. Comme quand tu avais la rougeole. On dirait une petite fille.

10

En Écosse, la consommation d'alcool est une prérogative purement masculine, de même que la participation aux processions funèbres. Les femmes sont très mal acceptées dans les bars, et la bienséance recommande aux hommes qui ont le désir d'inviter leur épouse ou leur petite amie dans un pub de le faire dans la plus grande discrétion, en occupant, par exemple, un salon privé.

Le Crimond Arms, à Caple Bridge, ne faisait pas exception à la règle en usage. On nous introduisit dans une salle froide et peu accueillante, au papier peint orange, meublée de chaises et de tables en rotin, décorée de canards et de fleurs poussiéreuses en plastique. Il y avait un poêle à gaz, qui n'était pas allumé, d'énormes cendriers de marques de bière, et un piano qui, après vérification, s'avéra soigneusement verrouillé. Interdiction formelle de s'amuser.

Déprimée et glacée par l'atmosphère, par les

angoisses indicibles qu'éveillait en moi la situation de Sinclair, et par tout ce qui venait de se passer, je m'assis seule dans un coin en attendant qu'il revienne du bar avec nos consommations. Il me rapporta un petit verre de porto à la couleur ambrée et un double whisky opaque et sombre pour lui.

— Pourquoi n'as-tu pas allumé le poêle ?

— J'ai pensé que nous n'en avions pas le droit.

— C'est ridicule.

Sinclair s'agenouilla devant le chauffage à gaz et gratta une allumette.

Il y eut une petite déflagration, une forte odeur, et une petite flamme s'alluma. Au bout de quelques minutes, une douce chaleur commença à irradier à hauteur de mes jambes.

— C'est mieux ? s'enquit Sinclair.

Ça aurait dû l'être, mais le froid qui m'étreignait venait du plus profond de mon être et ne pouvait se dissiper. Cependant, je répondis le contraire. Satisfait, Sinclair s'assit sur la petite chaise en rotin, alluma une cigarette, et leva son verre de whisky dans ma direction.

— À ta santé, dit-il.

C'était une vieille coutume et, comme telle, une invitation, dans le moment, à conclure une trêve. J'étais donc censée répondre : « À la tienne », mais je ne le fis pas car je n'étais pas sûre que nous pourrions à nouveau être amis.

Après cela, Sinclair se tut. Je terminai mon porto, reposai le verre vide et, voyant qu'il était encore loin d'avoir terminé le sien, je décidai d'aller jusqu'aux toilettes afin de me rafraîchir avant d'affronter ma grand-mère. Sinclair m'assura qu'il m'attendrait là et je sortis. Je trébuchai dans un passage étroit et grimpai une volée de marches pour arriver enfin aux toilettes des dames, qui n'étaient guère plus accueillantes ni engageantes que la sinistre salle du bas. Le miroir me renvoya l'image d'un visage défait, boursouflé, marbré par les larmes et maculé de traînées noires de mascara. Je me lavai les mains et le visage à l'eau froide, lissai mes cheveux emmêlés, tout cela avec l'impression de procéder à la toilette d'une morte.

Toute cette préparation prit un certain temps et, en redescendant, je trouvai la salle vide. Mais derrière la porte qui menait au bar, j'entendis la voix de Sinclair qui discutait avec le barman, et je compris qu'il avait saisi cette occasion pour s'offrir un autre verre et le boire dans une ambiance plus conviviale.

Je ne tenais pas à rester plus longtemps dans cet endroit, aussi décidai-je d'aller l'attendre dans la voiture. Il avait commencé à pleuvoir. La place du Marché était luisante et noire comme un lac et reflétait les lumières orange des réverbères. Je me recroquevillai sur mon siège, glacée, inerte, sans même avoir l'énergie d'allumer une cigarette. La porte du pub s'ouvrit et j'aperçus, l'espace d'un instant, la haute silhouette de Sinclair se découper en noir sur la lumière. Puis la porte se referma et il approcha.

Il tenait un journal à la main.

Il s'assit au volant de la Lotus, claqua la portière, et resta assis là sans bouger, haletant. Il empestait le whisky et je me demandai combien il avait trouvé le temps d'en boire pendant que je m'apprêtais. Un long moment passa sans qu'il fît le moindre geste pour démarrer, et je finis par demander :

— Quelque chose ne va pas ?

Il restait muet, les yeux baissés, le regard fixe, le teint pâle. Ses cils noirs et épais faisaient une ombre sur sa pommette.

Il me tendit le journal. Il s'agissait d'une édition locale, qu'il avait dû trouver sur le bar. À la lumière des réverbères, je lus les gros titres qui annonçaient un accident de bus et la récente élection d'un conseiller municipal (avec la photo de l'intéressé). Il y avait aussi un article sur la réussite d'une fille de Thrumbo émigrée en Nouvelle-Zélande et... en bas à droite :

MORT D'UNE SKIEUSE CÉLÈBRE

Le corps de Tessa Faraday a été retrouvé hier matin à son domicile londonien de Crawley Court. Tessa Faraday, qui était âgée de 22 ans, avait remporté le Championnat de ski féminin l'hiver dernier...

Les caractères se mirent à danser et se brouillèrent. Je fermai les yeux, comme pour repousser l'horreur, mais les ténèbres la rendaient pire encore, et je savais qu'il n'y avait pas d'échappatoire possible à cette sordide nouvelle. *Elle a dit qu'elle prendrait d'autres dispositions*, m'avait expliqué Sinclair. *Tessa connaît la vie, c'est une fille intelligente.*

— Elle s'est tuée, murmurai-je stupidement.

J'ouvris les yeux. Sinclair n'avait pas bougé.

— Avais-tu une idée de la nature des « dispositions » qu'elle voulait prendre, Sinclair ?

— Je pensais qu'elle allait se faire avorter, dit-il d'une voix sourde.

Soudain tout devint clair. Je savais.

— Elle n'avait pas peur d'avoir un enfant, Sinclair. Ce n'était pas dans son caractère. Elle s'est suicidée parce qu'elle a compris que tu ne l'aimais plus. Parce que tu allais en épouser une autre.

Soudain Sinclair déversa sur moi un torrent de rage.

— Tais-toi ! Je t'interdis de parler d'elle ! Tu entends ? Pas un seul mot. Tu ne sais rien d'elle, alors ne fais pas semblant. Tu ne comprends rien, tu ne comprendras jamais rien.

Là-dessus, il mit le contact, desserra le frein et, dans un grand crissement de pneus sur les pavés mouillés, la Lotus se propulsa à travers la place du Marché en direction d'Elvie.

Il était ivre, ou effrayé, ou choqué, ou fou de douleur. Ou peut-être tout cela à la fois. Il n'était plus en état de raisonner. Sinclair fuyait, poursuivi par mille démons, et la vitesse était son seul exutoire.

La voiture fonça dans les rues étroites et surgit comme un bolide dans la campagne. Il n'existait plus rien que la route, que l'ivresse de la vitesse. Moi qui n'avais jamais vraiment connu la peur physique, je m'aperçus que je serrais les dents à en avoir mal aux mâchoires, et mon pied écrasait un frein imaginaire avec une telle force que j'en ressentais des contractures dans tout le corps. Le dernier virage avant la section des travaux approchait. Le feu était vert et, pour traverser la voie avant que le feu ne passe au rouge, Sinclair donna un nouveau coup d'accélérateur. Je me mis à prier. *Seigneur, faites que le feu passe au rouge. Vite. Je vous en supplie, que le feu passe au rouge.*

À cet instant, à cinquante mètres à peine du panneau, le miracle se produisit. Sinclair commença à freiner et je sus à cet instant précis ce que j'allais faire. La Lotus finit par s'arrêter. Tremblant de tous mes membres, j'ouvris la portière et descendis.

— Qu'est-ce que tu fais ? s'écria Sinclair.

Je restais plantée là, immobile, sous la pluie et

dans l'obscurité, comme un petit animal surpris dans le faisceau d'un phare. Les voitures venant en sens inverse commençaient à approcher.

— J'ai peur, dis-je.

— Allons, remonte dans la voiture, dit Sinclair d'une voix radoucie. Tu vas te mouiller.

— Je rentre à pied.

— Il y a sept kilomètres.

— Je préfère marcher.

Il se pencha pour essayer de m'attraper et de m'attirer dans la voiture, mais je reculai.

— Mais enfin, pourquoi, Jane ?

— Je te l'ai dit, j'ai peur. Le feu est vert. Démarre sinon tu vas bloquer la circulation.

Comme pour confirmer mes paroles, une petite camionnette qui arrivait derrière la Lotus klaxonna. C'était un klaxon ridicule, le genre de son qui, dans d'autres circonstances, nous aurait fait sourire.

— Très bien, se résigna Sinclair en saisissant la poignée pour refermer ma portière. En tout cas, tu avais raison sur un point, Janey.

— Lequel ?

— Le bébé de Tessa. C'était bien le mien.

Je recommençai à pleurer. Les larmes se mêlaient à la pluie sur mon visage sans que je puisse les retenir. Je ne trouvais rien à dire, aucune parole de réconfort. La portière claqua et, la seconde suivante, il avait disparu. La voiture se faufila à vive allure entre les panneaux de signalisation aux lumières clignotantes.

Comme dans un cauchemar, sans raison apparente, une petite musique résonna dans ma tête, avec des sons discordants de piano mécanique. C'était la chanson de Sinclair. Déjà, je regrettais de n'être pas repartie avec lui.

Nous allons nombreux
Bras dessus bras dessous
En cortège gai et joyeux...

Sinclair venait d'atteindre le pont et la Lotus franchit le dos-d'âne comme un cheval dans une course d'obstacles. Les feux arrière disparurent et, une fraction de seconde après, le silence de la nuit fut déchiré par un crissement terrible de pneus dérapant sur l'asphalte mouillé. Puis il y eut un fracas de tôle et de verre brisé. Je me mis à courir, mais avec la sensation de ne pas avancer, comme dans un rêve, trébuchant et pataugeant dans les mares, cernée par les feux clignotants et les panneaux lumineux qui avertissaient : DANGER, DANGER, DANGER. J'étais encore à une centaine de mètres du pont lorsque retentit une explosion et là, devant mes yeux, la nuit s'illumina de l'éclair rouge d'un brasier.

C'est seulement après les funérailles de Sinclair

que se présenta la possibilité, enfin, de parler avec ma grand-mère. Jusque-là, tout dialogue avait été impossible. Nous étions l'une et l'autre sous le choc et nous refusions même de mentionner le nom de Sinclair, comme si sa seule évocation risquait d'aviver les plaies de notre chagrin si soigneusement maîtrisé. À cela s'ajoutèrent toutes les démarches à faire, les dispositions à prendre, les gens à prévenir et à recevoir. Surtout cela. Les vieux amis, les Gibson, Will, le prêtre, Jamie Drysdale, et le menuisier de Thrumbo, métamorphosé par ses vêtements d'ordonnateur de pompes funèbres. Il avait fallu, également, répondre aux questions de la police, aux coups de téléphone des journalistes. Accuser réception des fleurs et des lettres, des dizaines et des dizaines de lettres de condoléances, auxquelles nous avions commencé à répondre, mais que nous avions fini par abandonner, entassées sur le plateau en cuivre du vestibule.

Ma grand-mère était d'une génération qui n'avait pas peur de la mort et de son apparat. Elle avait insisté pour que les funérailles se déroulent selon le rite ancestral. Elle en assuma l'épreuve sans défaillance apparente, même lorsque Hamish Gibson, venu en permission, avait joué *Les Fleurs de la forêt* sur sa cornemuse. Elle avait chanté les cantiques à l'église, et était restée debout plus d'une demi-heure pour serrer les mains, sans omettre de remercier tous ceux qui avaient accompli les tâches les plus humbles.

Mais, maintenant, elle était fatiguée. Mrs. Lumley, épuisée par l'émotion et les allées et venues, était montée dans sa chambre étendre ses jambes enflées. J'avais allumé le feu dans la cheminée du petit salon où était installée ma grand-mère, et allai préparer le thé.

En attendant que l'eau bouille, je contemplai d'un regard absent la grisaille du monde extérieur par la fenêtre. Octobre était là. Il faisait un temps froid, presque immobile. Pas un souffle de vent n'agitait les dernières feuilles des arbres. Le lac, qui reflétait le ciel gris, était comme figé. Plus loin, les collines s'épanouissaient, semblables à de grosses prunes. Demain, peut-être, ou le jour suivant, les premières neiges viendraient, et ce serait l'hiver.

La bouilloire siffla et je mis le thé à infuser. Puis j'emportai le plateau dans le petit salon. Le tintement des tasses et le craquement des bûches dans l'âtre apportaient un réconfort, comme souvent peuvent le faire les petites choses anodines en face des tragédies.

Ma grand-mère tricotait un bonnet d'enfant en laine rouge et blanche, destiné à la vente de charité paroissiale de Noël. Pensant qu'elle préférait ne pas être dérangée, j'avais bu mon thé, allumé une cigarette et ouvert le journal. Je rêvassais en lisant vaguement un article sur une nouvelle pièce de théâtre, lorsqu'elle m'adressa soudain la parole.

— J'ai des remords, Jane. J'aurais dû te parler d'Aylwyn, le jour où nous avons bavardé dans le jardin, sur le banc. Tu m'as posé des questions à son sujet et j'étais sur le point de te répondre, puis quelque chose m'en a empêchée. C'était stupide de ma part.

J'abaissai le journal et le repliai. Ses aiguilles continuaient de cliqueter. Elle n'avait pas interrompu son ouvrage.

— Sinclair m'a tout raconté.

— Vraiment ? Je suis contente qu'il l'ait fait. C'était très important pour lui. Il voulait que tu sois au courant. As-tu été choquée ?

— Pourquoi l'aurais-je été ?

— Pour diverses raisons. Parce qu'Aylwyn était malhonnête. Parce qu'il a fait de la prison. Parce que j'ai essayé de vous le cacher.

— Il valait sans doute mieux ne pas en parler. Ça ne pouvait que nous faire du mal.

— J'ai toujours cru que ton père t'en parlerait.

— Non, il ne m'en a jamais touché un mot.

— C'est gentil à lui. Il connaissait ton affection pour Sinclair.

J'allai m'asseoir sur le tapis devant la cheminée, une place idéale pour les confidences.

— Pourquoi Aylwyn se conduisait-il ainsi ? Pourquoi n'était-il pas comme toi, grand-mère ?

— Aylwyn était un Bailey, répondit-elle simplement. Les Bailey ont toujours été des propres à rien, mais les plus grands séducteurs du monde. Ils n'avaient jamais un sou en poche, et surtout pas la moindre idée de comment il fallait faire pour en gagner et encore moins pour le conserver.

— Ton mari était ainsi ?

— Oh, oui, répondit-elle avec un sourire, comme si un souvenir amusant lui revenait en mémoire. Sais-tu ce qui s'est passé, juste après notre mariage ? Mon père a payé toutes ses dettes. Mais il n'a pas perdu une minute pour en faire d'autres.

— Tu l'aimais ?

— À la folie. Mais j'ai vite compris que j'avais épousé un garçon irresponsable qui n'avait pas la moindre intention de changer.

— Tu as quand même été heureuse.

— Il est mort très tôt et je n'ai pas eu le temps d'être malheureuse. Ensuite j'ai compris que je ne pouvais compter que sur moi, et j'ai décidé qu'il vaudrait mieux pour mes enfants les élever loin des Bailey. J'ai acheté Elvie et nous sommes venus vivre ici. Je croyais que tout serait différent. Mais, tu sais, l'environnement ne suffit pas à effacer entièrement l'hérédité, quoi qu'en pensent les spécialistes de la psychologie infantile. J'ai vu Aylwyn grandir et ressembler chaque jour davantage à son père. Et je ne pouvais rien y faire. Une fois adulte, il est allé à

Londres où il a trouvé un emploi, mais très vite il s'est retrouvé dans une situation financière catastrophique. Je l'ai aidé, bien sûr, à maintes et maintes reprises, mais un jour est arrivé où cela n'a plus été possible. Il avait commis je ne sais quelles actions frauduleuses sur des titres cotés en Bourse, et le directeur de son entreprise voulait mettre l'affaire entre les mains de la justice. J'ai réussi à le convaincre de n'en rien faire, et il a accepté de se taire à condition qu'Aylwyn s'engage à ne plus exercer à la Bourse de Londres. C'est pour cela qu'il a émigré au Canada. Bien entendu, tout a recommencé là-bas, mais cette fois le pauvre Aylwyn a eu moins de chance. Je pense que la vie aurait été différente pour lui s'il avait épousé une jeune fille sensée, ayant les pieds sur terre et assez de caractère pour l'aider à surmonter ses faiblesses. Mais Silvia était aussi insouciante que lui. Ils étaient comme deux enfants. Dieu sait pourquoi elle a voulu l'épouser. Peut-être s'imaginait-elle qu'il avait de la fortune. En tout cas, il est difficile de croire qu'elle l'aimait, pour l'abandonner ainsi, avec son bébé, comme elle l'a fait.

— Pourquoi Aylwyn n'est-il jamais revenu du Canada ?

— À cause de Sinclair. Il arrive parfois que l'image du père soit meilleure que sa propre présence. Sinclair est... (elle se corrigea, avec un tremblement dans la voix)... était lui aussi un Bailey. C'est surprenant comme un défaut peut se transmettre à travers les générations.

— Tu veux parler du goût pour le jeu ?

— Je vois que Sinclair t'a raconté toute l'histoire.

— Une partie.

— Pourtant il n'avait pas besoin de ça, tu sais. Il avait une belle situation, un bon salaire. Mais il lui fallait de la fantaisie. Il était incapable d'y résister. Le fait que nous ne comprenions pas cette passion ne doit pas nous rendre indifférentes. Bien qu'il m'arrive de penser que Sinclair ne vivait que pour cela.

— Pourtant il aimait venir à Elvie.

— De temps en temps, seulement. Il n'avait pas le même attachement que ta mère, ou toi. En fait, dit-elle en attaquant un autre rang de tricot, j'ai décidé il y a bien longtemps de te léguer Elvie. Est-ce que cela te plaît ?

— Je... je ne sais pas.

— C'est la raison pour laquelle je tenais absolument à ce que ton père te laisse venir. Je l'ai bombardé de lettres auxquelles il a toujours refusé de répondre. Je voulais te parler du domaine.

— C'est une idée merveilleuse, mais je... la possession des choses m'effraie. Je ne suis pas sûre de vouloir et de pouvoir assumer toutes les responsabilités d'une propriété comme Elvie. J'ai l'impression que je ne serai plus libre d'aller où bon me semble quand j'en aurai envie.

— Ça me paraît une attitude bien poltronne. J'ai l'impression d'entendre ton père. S'il avait été plus réaliste sur ce chapitre, à l'heure actuelle il aurait planté quelques racines et ne s'en porterait pas plus mal. Tu ne veux pas de racines, Jane ? Tu ne veux pas te marier et avoir des enfants ?

Je regardai le feu, assaillie par une foule de pensées. Sinclair, mon père... David. Tous les endroits du monde que j'avais visités, les vastes étendues que j'espérais découvrir un jour, et puis Elvie. Elvie avec des enfants, mes enfants, qui y grandiraient et feraient toutes les choses merveilleuses que Sinclair et moi avions connues.

— Je ne sais pas ce que je veux, grand-mère. C'est vrai.

— Ça ne m'étonne pas. Et aujourd'hui n'est pas le meilleur jour pour parler de ces choses. Ni toi ni moi ne sommes dans un état d'esprit favorable. Mais j'aimerais que tu y réfléchisses, Jane. Pèse le pour et le contre. Nous aurons tout le temps d'en reparler.

Une bûche se cassa et tomba dans les braises. Je me levai pour en mettre une autre, puis, comme j'étais debout, je décidai de rapporter le plateau à la cuisine. Mais au moment où j'allais ouvrir la porte, jonglant avec le plateau et la poignée, ma grand-mère me rappela.

— Jane.

— Oui ?

Je me retournai. Elle avait cessé de tricoter et retiré ses lunettes. Ses yeux bleus paraissaient encore plus bleus dans son visage très pâle. Jamais je ne l'avais vue si pâle. Si vieille.

— Jane, te souviens-tu de notre conversation à propos de l'amie de Sinclair, Tessa Faraday ?

Ma main se crispa sur la poignée de la porte. Je pressentis ce qui allait suivre et priai pour que cela ne vienne pas.

— Oui, je m'en souviens.

— J'ai lu dans le journal qu'elle était morte. Une absorption massive de barbituriques. Tu étais au courant ?

— Oui.

— Tu ne m'en as pas parlé.

— Non.

— Est-ce que... sa mort a un rapport avec Sinclair ?

Nos regards se croisèrent. J'aurais donné mon âme, à cet instant, pour être capable de mentir avec conviction. Mais j'étais une piètre menteuse et ma grand-mère ne le savait que trop. Il m'était impossible de m'esquiver.

— Oui, répondis-je. Elle attendait un enfant de lui.

Ses yeux se voilèrent de larmes. C'est la seule fois où je vis ma grand-mère pleurer.

11

David vint à Elvie le lendemain après-midi. Ma grand-mère s'occupait de son courrier et j'étais sortie dans le jardin pour balayer les feuilles mortes, me souvenant du vieil adage qui dit que la dépense physique est la meilleure thérapie pour guérir la détresse morale. J'avais amassé un tas de feuilles, que je m'apprêtais à transporter dans une brouette, lorsque la porte-fenêtre s'ouvrit et David apparut. Je me redressai et le regardai venir à ma rencontre, grand, mince, les cheveux au vent. Il était difficile d'imaginer comment nous aurions pu traverser l'épreuve de ces derniers jours sans lui. Il avait tout fait, veillé à tout, tout organisé, et même trouvé le temps de téléphoner personnellement à mon père pour lui annoncer la mort de Sinclair. Et je savais, quel que soit l'avenir qui nous attendait l'un et l'autre, que je lui en serais toujours reconnaissante.

Il enjamba d'un seul pas le dernier talus et se dressa devant moi.

— Que comptez-vous faire de cette petite brassée de feuilles mortes ?

— Les mettre dans la brouette, répondis-je en mettant mon projet à exécution.

Mais un coup de vent chassa une bonne partie des feuilles.

— Si vous pouvez dénicher deux morceaux de bois pour maintenir les feuilles, vous accélérerez considérablement le processus, suggéra David d'un air moqueur. Tenez, je vous ai apporté une lettre.

Il sortit une enveloppe de sa vaste poche, et je reconnus l'écriture de mon père.

— Comment se fait-il qu'il vous l'ait envoyée ?

— Elle était jointe à une lettre qui m'était adressée. Il m'a demandé de vous la remettre.

Abandonnant la brouette et le râteau, nous descendîmes le jardin jusqu'au pré voisin pour aller nous asseoir côte à côte sur le vieux ponton, sans nous préoccuper des planches pourries. Je décachetai l'enveloppe et lus la lettre de mon père à haute voix.

Ma chérie,

J'ai été sincèrement navré d'apprendre la mort de Sinclair et la façon dont tu t'es trouvée impliquée dans ce drame, mais je suis heureux que tu aies été auprès de ta grand-mère pour la réconforter dans ce douloureux moment.

Je me sens coupable — et bien plus encore depuis ton

départ — de t'avoir laissée retourner à Elvie sans t'informer au sujet de ton oncle Aylwyn. Mais on remet toujours les choses au lendemain, et avec ton départ aussi précipité que dramatique, je n'en ai pas trouvé l'opportunité. Toutefois j'en avais parlé à David Stewart, qui m'a promis de veiller sur toi...

— Vous ne m'avez rien dit.
— Ce n'était pas à moi de le faire.
— Pourtant vous étiez au courant.
— Bien entendu.
— Et vous saviez aussi, pour Sinclair ?
— Je savais qu'il puisait largement dans la fortune de votre grand-mère.
— Il y a pire, David.
— Que voulez-vous dire ?
— Sinclair est mort en laissant d'énormes dettes.
— C'est bien ce que je craignais. Comment l'avez-vous appris ?
— C'est lui qui me l'a avoué. Il m'a dit beaucoup de choses.

Je repris la lecture de la lettre :

Si j'étais si hostile à ton retour à Elvie, ce n'était pas tant à cause de ce que je savais sur ton oncle Aylwyn, mais parce que je savais ce que ton cousin Sinclair était devenu. Après la mort de ta mère, ta grand-mère m'a suggéré de te laisser avec elle, et, en effet, cela semblait la solution la plus simple. Mais il y avait le problème de

Sinclair. Je connaissais ton affection et ton admiration pour lui, et je savais très bien que si tu vivais auprès de lui, il finirait par te briser le cœur et détruire tes illusions. Les deux possibilités qui s'offraient étaient douloureuses pour toi, mais l'une pouvait s'avérer désastreuse, aussi ai-je préféré te garder avec moi et t'emmener en Amérique.

David m'interrompit :

— Je me demande ce qui rendait votre père si sûr de son jugement sur Sinclair.

Je songeai à lui raconter l'histoire de *La Nature vivante*, de Goldsmith, puis me ravisai. Le livre n'existait plus. Le lendemain de la mort de Sinclair, j'avais été le chercher dans son placard pour le brûler dans la cuisinière. Il n'en restait plus la moindre trace. Mieux valait l'oublier.

— Je ne sais pas, dis-je. L'instinct, je suppose. Mon père est un être d'une grande sensibilité. On ne peut pas le tromper.

La lettre continuait ainsi :

C'est aussi la raison pour laquelle j'étais si réticent à répondre aux lettres de ta grand-mère, qui insistait pour que tu lui rendes visite. Les choses eussent été différentes si Sinclair avait été marié, mais je savais qu'il ne l'était pas et cela me rongeait d'anxiété.

Je suppose que tu souhaites demeurer quelque temps à Elvie. Ici, mes affaires ont pris un nouvel élan. Sam

Carter se démène pour moi et je nage dans l'opulence, comme on dit. Je pourrai donc t'offrir un billet d'avion pour rentrer en Californie dès que tu le désireras. Tu me manques beaucoup, et Rusty s'ennuie de toi. Mitzi ne suffit pas à compenser ton absence, malgré les prévisions de Linda, qui reste persuadée que, le moment venu, lorsque la lune sera dans le bon quartier, Mitzi et Rusty tomberont éperdument amoureux et fonderont une famille. Personnellement, je préfère ne pas imaginer les résultats d'une telle union.

Linda est en pleine forme. Elle adore Reef Point et ce qu'elle appelle la vie simple. À ma grande surprise, elle s'est mise à peindre. Je ne sais pas si mon flair me trompe, mais j'ai l'impression qu'elle est très douée. Qui sait ? peut-être va-t-elle faire fortune et m'offrir le train de vie auquel j'aspire !

Tout mon amour, ma petite fille.

Ton père.

Je repliai la lettre en silence et la remis dans l'enveloppe, puis dans la poche de mon manteau.

Je réfléchis un instant avant de dire :

— J'ai l'impression qu'il songe à épouser Linda. Ou bien c'est elle qui essaie de l'inciter à le faire. Il est bien difficile d'apprécier la situation.

— Peut-être en ont-ils envie l'un et l'autre. Ça vous plairait qu'ils se marient ?

— Oui, je crois. Au moins, je n'aurais plus à me sentir responsable de mon père. Je serais libre.

Curieusement, ce mot eut une drôle de résonance et ne souleva en moi aucun enthousiasme. Il faisait froid sur le ponton, et je me mis tout à coup à frissonner. David passa un bras autour de moi et m'attira contre lui. La tête dans le creux de son épaule, je me réchauffai à la chaleur de son corps.

— Dans ce cas, le moment est peut-être bien choisi de vous convaincre d'épouser un notaire de campagne à moitié borgne, qui vous aime depuis le premier jour.

— Vous n'aurez pas beaucoup à argumenter pour me convaincre, David.

Son bras se resserra autour de moi et ses lèvres effleurèrent mes cheveux.

— Ça ne vous ennuie pas de vivre en Écosse ?

— Non. À condition que vous vous arrangiez pour avoir des clients à New York, en Californie, et peut-être même plus loin, et que vous promettiez de m'emmener dans vos voyages.

— Ça ne devrait pas poser de problèmes.

— J'aimerais aussi avoir un chien.

— Très facile. Bien entendu, ce ne sera pas Rusty, car Rusty est unique. Mais on tâchera d'en trouver un aussi intelligent et charmeur.

Je me blottis contre David et enfouis mon visage dans son cou. L'espace d'un instant, je crus que j'allais pleurer, mais c'était ridicule. Les gens ne pleurent pas quand ils sont heureux, seulement dans les livres. Je murmurai « Je t'aime », et David m'enlaça étroitement. Je finis quand même par pleurer, mais ça n'avait pas d'importance.

Nous étions toujours assis sur le ponton, enveloppés dans le grand manteau de David, en train d'imaginer des projets complètement farfelus, comme de nous marier à la mission de Reef Point et demander à Isabel Mackenzie Nouveautés de me tricoter une robe de mariée en jersey, ce qui évidemment déclenchait des fous rires. Nous étions si absorbés que nous n'avions pas remarqué que le jour déclinait et que l'humidité du soir tombait. Ce fut ma grand-mère qui nous ramena à la réalité. Elle ouvrit une fenêtre pour nous appeler et nous prévenir que le thé était prêt. Gelés, les membres engourdis, nous quittâmes le ponton.

Le crépuscule descendait sur le jardin et l'enveloppait d'ombres épaisses. Nous n'avions pas évoqué Sinclair mais tout à coup je sentis sa présence partout. Non pas l'homme, mais l'enfant de mes souvenirs. Il courait d'un pas léger sur la pelouse et faisait bruisser les feuilles mortes sous les arbres. Est-ce qu'Elvie parviendrait un jour à se libérer de lui ? Cette pensée m'attristait car, quoi qu'il arrive et quels que soient les futurs habitants de la maison, je ne voulais pas qu'elle soit hantée.

David m'avait devancée pour ramasser le râteau et l'emporter avec la brouette sous l'érable. Maintenant il m'attendait, sa haute silhouette se découpant sur les lumières de la maison.

— Qu'y a-t-il, Jane ?

— Des fantômes.

— Non, il n'y a pas de fantômes.

Je regardai de nouveau vers les ténèbres des arbres et vis qu'il avait raison. Il n'y avait que le ciel, l'eau, le vent dans les feuilles. Pas de fantômes. David prit ma main et je le suivis dans la maison.

Achevé d'imprimer en janvier 1995
sur presse CAMERON
dans les ateliers de B.C.I.
à Saint-Amand (Cher)
pour le compte de France Loisirs, Paris

N° d'Édit. : 26493. — N° d'Imp. : 1/197.
Dépôt légal : février 1995.

Imprimé en France